住进森林里的日子

燕子 著

江苏凤凰文艺出版社

前言

我拜托了天气神明,得到了一个令人高兴的答复。诸君且别管我是如何联系上的。

但过往鸟儿叽叽喳喳在窗外盘旋好一阵子,我便知一定是回信了。

让我为你们翻译一下,说是会让晚风吹起来,一直不停歇。

目录

前言　　　　　　　　　　001

01　这扑面而来的宿命感　　007

02　光怪陆离森林大会　　　033

03　不愿醒来的旧梦　　　　055

04　眼前还有一碗面，　　　077
　　请您品尝

05　骑着两轮车奔赴天涯　　109

06 葬礼旅行团 *133*

07 我的理想：孤独终老 *161*

08 梦境 *187*

09 住进森林里的日子 *207*

番外篇 *225*

后记 *232*

住进森林里的日子

01

这扑面而来的宿命感

临睡前看书，看到一句话很有趣——沉默可以用耳朵听到。

看看时间也不早，我拉下放在榻榻米上的台灯，那灯的开关是很老式的拉绳式样。这灯是一盏有着纯白色布罩和光滑陶瓷底座的灯，是我从阁楼上搬下来的，当时拿下来费了一点功夫，因为从那坡度较陡的阁楼往下边爬边运一盏还算重的台灯，真正实施起来颇有点儿难度，我简直把上了几堂课的攀岩技术都施展了出来。我平时便是很乐意做这种麻烦事的人，家里的物件腾来挪去，找新鲜，算是生活乐事之一。把它拿下来放在床头，说是床头，其实就是床垫和被子组成的地铺一角。睡地铺又是另一种乐趣，躺下去的时候，会觉得整个房间都变得宽大。不自觉心态上就令自己的概念变得小了一些，于是，这份"渺小"感令人产生别样的安稳，睡起来也香。

关灯之后，整栋房子就滑入完全的黑暗之中。总有人问是否会感到害怕，我从未想过这个问题，但有人问了，还是会忍不住去努力体会一下。又想起来刚才看到的那句话，我认真倾听：外面刮着风，树顶的叶子掠过屋顶，发出没有节奏的沙沙的声音。又仿佛能听到一些小动物踩着草坪溜过去的响动。还有风声，风自建筑和树丛之间穿行，会有一种很特别的动静。且听风吟，原来是这种感觉。

但这些都不是沉默，听着这些大自然里的声音，判断着它们的来处，至少对我来说完全和害怕扯不上关系。不能久听，听得太专注，就容易睡意全无，觉得这样在黑暗中的倾听，仿佛是和一个特殊世界沟通的法子。

这样想着，突然所有的声音似乎都消失了。风声、小动物的脚步声、叶子晃动的声音都不见了，倏地消失了。耳朵里仿佛听到类似颂钵响到最后的那种细微的鸣唱。"啊，原来是这样。"我觉得真的听到了沉默的声音，眼皮慢慢变得沉重。

行笔到此，忍不住想笑，过于传达内心深处的感受，总是不受控制地向着神神秘秘的方向流去。但果真是这样的，每一天都在听觉展开绝对场域的气氛中慢慢睡着。或许入睡之后，我的听觉亦或是我的灵魂，真的偷偷去往森林，不让我这笨拙的尘世躯体知晓，不然为何清晨醒来总觉得与窗外的森林又增了更多亲密。

买下这栋屋时，只是觉得一眼契合。当时我在许多地方留下邮箱和诉求。内心想要一栋有高顶、在海的附近、周围树木多，充满了木头香味的房子。许多中介都很礼貌地表示海边和森林也许不难，高顶阔间却有些难度。因着这地方的习惯便是能盖三层不会是两层，楼梯都是窄而无窗的，起居室也不会太大。本也没觉得会很顺利，原就是把理想里的居所描述了一番，也算是播种梦一场，谁知就真的被我寻到。

记得彼时来看这栋木屋，一进门就是浓郁的木头被阳光蒸醺之后，散发出非常温柔的香气。气味的记忆留存力之强大，以至于，后来每次过来，推门进屋，皆先闻到这股香气，便产生了非常清洁的次次若初见的恋情一般的体会。大门也是纯木质，把手是金色的转轴连接圆圆的木条，因为经常被人转动，所以光滑油润。

开门之后，满眼皆木头，纹路很重的木质鞋柜，有着明显木斑的更浅一些的地板，对面的墙面也包了木饰，上面钉着木头搁板。每一个区域的分隔都用黑胡桃木做了细致的包边。不同色彩、不同树材、不同质地的木头和谐地融合在一起，把进屋的人包裹其中。明明是进屋，但木香袭来，倒像是走进一片丛林。

后面几年，常有友人到访，都会感慨怎么就让我寻到这么妙的一栋房子，太美好。

但我倒不觉得意外，自从拥有它，就冥冥中觉得，或者说是我一厢情愿地认为：它其实一直在等待我的到来。有时与人交谈，还会列出一些微妙的证据。比如当初卖房的老奶奶一直对买主挑挑剔剔，更是需要我必须站在房子中央拍一张照片传给她才行（她年纪太大，九十多岁，已经无法亲自办理）。那个有点过于客气的中年男中介，以一种微微弯腰鞠躬的姿态，给坐了早班飞机赶来、此刻正端端正正站在房子中央的我用手机拍照的时候，空气里都充满了一股滑稽的气氛。这中年男人本就紧张得很，一直在没必要的时间也不停地说着:"不好意思。"如果再收到一条:"这是什么人?不许卖给她!"的回复信息,恐怕整个人都要俯倒在地了。

照片传送过去,几个人在屋中各怀心事等待,想来那男中介定是头一号焦虑的,怕我千里迢迢跨国而来,房主不卖与我,着实有些难堪。我却十分轻松,在屋里穿来穿去,又拉开门去院子里跑,又躺在木地板上看天花板。为什么?因为我知道,这房子是属于我的,它就是在等我的。没错,当真有这种笃定,毫不怀疑。

男中介搓了搓手掌,跟我搭话,好似在打预防针:"之前也来过三拨人,都没能卖给他们。"同行的华人同事翻译给我听,我点了点头,也并不担心。看到他们实在紧张,不忍心继续攀听缘故,怕令那男人更加流汗不止。忍不住用英文说:"别担心,别担心。"

通过前房主的照片面试尚不算多奇妙,后面发生的事才是。这房子外面带有五百平方米的院子,真是个种树的好地方啊。联系园林公司准备种一棵树,我虽不是什么园林达人,但若是自家院中有一棵树从入住开始,一年年蓬勃茁壮、开枝散叶、四季变换,也是一件浪漫事。

所有的植物中,我举不出心头好之前几名。但若论种类,比起花朵、草蔓,我更爱树。在我心里,树生长在何处,就自动变成了何处的守护者。它们恒久,坚韧,充满生命力,令人毫无头绪地感到安宁。记得多年前,有一位朋友给我的影册写后记,她发来长长一稿。当晚又联系我说:"可否换一下,因为又重新写了一版更对味的。"我当然应允。收到新文,一点开,不像上一稿那么长,只有短短四个字——她就像树。我是这么爱大树,当被友人形容如斯的时候,觉得感动又荣幸。

种树的工程,是通过一个会日语的朋友从中联系。朋友听完电话问我:"是要种什么树?"我早就听闻这处人工费用之昂贵,于是先试探一番:"请帮我问问什么树最便宜和好养活。"朋友拿着电话问,随即我就从她脸上看到一丝非常动容的神色。正在琢磨什么回话能让她产生那种表情时,她捂着电话,正视着我,慢慢地说:"对方说,在你家这片区域,最便宜,也最容易养活的就是橘子树。"……啊,竟然如此。

宿命感,一种庞大而汹涌的宿命感,扑面而来。我十几年前曾经失去过一个孩子,乳名便叫小橘子。时间轮盘转动,虽不至于当场哭泣起来,却也感到震动。后面我来的多了,住得久了,每每骑着自行车穿行于乡村屋舍之间时,看到每家每户几乎都种植了橘子树,树上都结满圆滚滚、黄澄澄的果子时,总觉得是某种信号。不知是不是她在告诉我:我过得好着呢,就像这树上的饱满可爱的果子一样,好着呢。一定是的。

有时在傍晚夕阳骑车归家,那些树上的橘子,闪着莹亮的光,在温柔的落日之光里,散成一个个朦胧柔软的光球,好像未知人生之路上的小小烛火,又像是打开记忆之门的某种密码。我常常认为,每一个人都天生长出了储存记忆的能力,但却不一定具备随时调取的本事。生活里的某个平常瞬间,往往就是某段回忆的钥匙。我便总在这样穿行于暮光之时,想到许多不同的归家之路。

家,到底是一个具象的环境多些,还是一种精神的归宿更多些?我常常在骑车的时候胡思乱想。我的家族是一个亲属关系相对淡漠的非典型山东家族,唯有一家亲戚例外,便是我的大姨与大姨夫。从有记忆起,我就很爱往他们家跑。小时候,大姨家住在医院宿舍,沿着铁锈扶手的楼梯上到二楼,转过弯去,就看到门已经被打开了。再长大一些,大姨家搬了新房子,更大一些,还是没有电梯,但装修得更气派了。客厅很大,除了沙发区,餐厅区,甚至还有一个专门的麻将区域。搬家温居头回进去,我站在门口愣了几愣:"哇,这房子真大啊。"大姨迎上来把我拽进柔软的皮沙发里,倒茶给我喝。茶杯是那种双层上面纹了小黄龙,有圆肚子,拿着不烫手的瓷杯子。我爱喝茶的习惯,回想一下应该就是在大姨家养下的。由于亲密,便从无去别人家的疏离感。对我而言,跟自己家一般。大姨夫是个声音很大、脸长长的男人,眉目是挑起来的,手掌很粗糙。大姨的脸是圆的,不知从何年月起烫了卷卷的短发,总是穿着枣红色系的毛衣,上面有很细致的暗色线穿起来的花朵纹。

大年初一拜年,我总把大姨家留在最后,因为如此,就可以留下来吃饭、玩耍,一直逗留到非得回家不可。人生第一次喝啤酒也是被大姨夫撺掇着试了试,自此,发掘了另一番爱好。他们家炖的鸡也永远是软软烂烂,骨头都酥软,可以一起嚼了吞下去。

我们总觉得这世界上有些事情不会改变,其实消失和破碎总是发生在一个悄无声息的瞬间。见大姨的最后一面,也是长大之后的某一次过年,拜年的整个过程,大姨都紧紧握着我的手。下午我还约了人,就没有留下来吃饭,在玄关穿鞋子的时候,我抬头告别。穿过她的肩膀看到后面的房子,"咦?这房子原本就是这样小的吗？"恍然觉得其实房子并不大，沙发宽墩墩地占了许多地方，餐桌也很大，摆了许多张椅子，显得很拥挤。麻将桌似乎许久没派上用场了，上面叠摆了些生活用品。再看向大姨，她的头发染过，但是发根的白都长出来了，显得黑色的部分有些格格不入。我说过阵子再来，她就点点头，仍旧紧攥着我的手。

忽然之间，我涌出一个令我立刻中止、没有继续思考下去的念头：也许，这就是我和她此生的最后一面了。

果然，是这样的。所以人是有预感的这一点，我一直坚信。只是这能力不是时时都有，它会冷不丁地冒出来，又悄无声息地丧失。

每次想到家这个概念，我都会想到要走上楼梯拐角，那正开着防盗门、里面传出麻将声的大姨家。那些曾经存在过的家园，会像沙漏一样渐渐弥散，然后稀释于我们的人生之中。

为何会常常想到大姨的家，我想大概是这栋屋也给我一种家的感觉。那种陈旧的、熟悉的、如在梦中曾见过的老式氛围，还有格外清澈又安静的外部环境，这些糅合起来，混合而成的似有前尘的感觉，仿佛将童年、少年时那些荒唐的往事，统统舒展开来。能对人说的，不能为人道的，都不需多计较多思虑，全都铺展开来。就像打开一卷沉封太久、久到自己都忘记还存在着的卷轴一样。一缕阳光之中，细尘飞扬起来，分不清是梦境还是现实。

这栋屋里有一台旧主人留下的CD碟片机。这房子是老屋，旧的房主人是九十岁高龄的奶奶，这种年纪，再加上这栋房子的模样，想来一定是个老式体面人。我们未曾见过面，我总在脑海中想象她的脸庞。因着之前说的种种思绪，总是不自觉地就把这种想象与大姨的脸融合在一起。虽未谋面，但通达之意，我自她那里获取了实在不少。被这房子的一角一落美到时，就会感慨一个创造了它的人，在年迈之际，挑挑选选，选中最合眼缘的年轻人，就这样潇洒地挥挥手告别，再无留恋。于是，我再去看我手中那些七七八八的所有，顿时觉得失去又如何呢？从稚童到老妇，多少拥有会烟消云散。这样计较起来，那些拥有算不算真正拥有呢？这个角度想来，有些悲观，那换个方向。这世间的诸多失去，又怎么能算是真正的失去呢。这般一想，是否就昂扬起来。可见乐观与悲观原本就是同一回事嘛。

这房子的魅力之头一份，便是它的老派，后面我一定要单独细细讲来。从内向外散发出来的天真的老派气质，实在令人产生一种漫游感。待在实体的房间中，踩着温润的木地板，一切那么真实可触。但精神却好似永远在漫游，像是一个多维度的时光机器，冷不丁就因为某处，把你推进时间的任意一个节点。

说回这旧式碟片机。每当要听歌的时候，把碟片放在卡口，会自动推进去，然后用扁扁的遥控器按下播放键，停顿个几秒钟，音乐传出来。不知是否是心理作用，那声音跟手机、电脑中播放出来的完全不同，更浑然更通畅。原本这家中一张碟片都无，之后去过一次花火大会，有一个民谣歌手在表演，火花大会的大背景浪漫如是，更不消说背后是大海。他着实不算个帅哥，但种种气氛加持在一起，还有歌声格外动听，清亮通透却不至于扰人，嗓音里带着笑意，竟越看越顺眼起来。他弹着电子琴，持续地洋溢着笑容，跟这日子应有的氛围很是搭配。活动结束，他坐在旁边售卖自己的灌录碟片，价格公道，封面简单。于是买了一张回来。

结束花火大会回到家中，已是半夜。夏日的夜晚极其炎热，客厅没有空调，电扇也没能想起来买，哪怕到了深夜也没有褪去半分暑气，只得开了门窗等穿堂风吹过。洗完澡还没等头发干，后脖子就又一片汗湿。热得头晕脑胀时，突然想起躺在背包里的那张碟片。于是又爬起来，拆开封皮，抽出碟片，放入CD机。人的感官绝对是相通相达的，那仿佛漾着海风的音乐一传出来，气温顿时低下来几度，穿堂风也来听歌了，把纱帘子卷得起起伏伏。

说起人的感官是相通这一点，我想所有的人大概都会有共鸣吧，当然只是我想。我们记住一个片段，总是格外立体。记起上学时光，除了一张张脸、一段段少年事，还有学校里的合欢树和那合欢树独有的温吞静默的香。另外，是否只有我一个人会这样，回忆往事之时是完全客观的。就是作为现在的我，去看曾经的我，每一个我都留在了当时的场景和故事里。她们似是一个人，又并不真正是一个人。这同我的职业很像，人生就像底片，是一张一张的，每一张的"自己"都留在了那一张的光明之中。这样想来，人当然要学会与自己相处，行到归处，竟有这么多这么多个"我"，大家一起揣着自己的那一幕，共同奔跑起来，电影才得以流动。

那么，今日之"我"是否还应背负昨日之痛，是否还可沉溺于昨日之乐，应是不可的。我真正拥有的，唯有当下，而写下这一句话，那一瞬的"当下"也不复存在。

躺在难耐的暑热之中，躺在木屋的地板上，那飞扬起来的窗帘不断从我的手臂上掠过，又摸回来，让我想起刚上初中，那个黑黑瘦瘦的自己。我和姐姐共用一个卧室，一个有阳台的小房间，放了两张床，现在想起来蛮像酒店的标准间。两张床的中间搁了一张写字台，窗帘是带着浮花的浅绿色的植绒布，阳光很好的时候会透出来一些光影。少女心中最大的愿望就是拥有自己的房间，两姐妹中更渴望的应该是我，因为天天挂在嘴边，念念叨叨。直至把她念急了，她就回一句："我才想咧。"

但回顾一下，感觉在这段同居关系中，受害者是姐姐没错。我常常在关了灯的夜晚学唱新歌，用的是卡带，为了学歌，常常还未听完一首歌就倒带重听。喜欢的款式也繁多，普通话的流行歌，英文的摇滚乐，还有一定得坐起来深情演唱的粤语情歌。这样一回溯，感觉姐姐实在是爱我的。这样令人头疼的小妹，也没见她发疯起来。只是听着，然后在我哼哼哈哈地演唱中渐渐睡着。

就是这种时光重合一般带来的乍现的回忆，在我心中，就是属于普通人的时光门。它常常是隐身的，又会在根本想不到的时候，现出真身。它是光亮的，是轻盈的，只需要用手指轻轻一点，就可以缓缓打开。而且这时光门的跨度有时很长，有时很短，不受人控制，也摸不着规律。

之前说起过，正是刚买下这栋屋时想要种一棵树时才得以知道，附近这一片都是柑橘产地。不光路上总有硕果累累的橘子树，连去超市的时候，都是最门口的位置在卖橘子。除了鲜果，橘子汁、橘子糖、橘子冰棒也是最多的。这般看下来，我的执念竟消失了，不一定非要在自家院中种一棵树。出去闲逛的时候，路边皆是，挺好。这事搁置下来，过了好几个四季。

去年秋天,和朋友一起回来。早晨我醒过来,就见她站在餐厅,抬头看着窗外在发愣。我料她在想事,就躺了一会儿没出声。结果她持续地呆在那儿,忍不住开口询问是什么这样吸引她。她转过头来指着院子里那棵巨大的、一直长在院角的树,问:"那是一棵橘子树吗?"我摇摇头:"不是,橘子树哪有这么高的。我问过园林公司打理的人,他们告诉我院子其他植物的品种,只有这一棵,他们也拿不准是什么树,有些四不像。"她走进卧室,把一张手机摄影照片放到很大很大,摆到我眼前:"你看,就是橘子树啊。"我拿过来仔细看,啊,那高大树木的树顶叶子之间,结了两个(也仅那么两个)小小的、橙色的果子,放到手机不能放之最大,不是橘子又是什么呢。

翻身起来,穿着睡衣,头发毛毛乱乱像个短毛怪一样跑进院子里,眯着眼睛仔细抬头看,真的是两颗小小的橘子。那一瞬间的激动难以描写,唯有宿命感再次汹涌袭来。这树太高大,完全脱离了橘子树的低矮,以至于园林公司的专业人士都拿不准。兴许是前屋主喷洒了什么不结果子的药物,所以从未结果。于是"这树到底是什么树"这个问题,就从好奇,到搞不明白,再到无关紧要,一步步没有人再去追究。结果就这样,非常突然地,在秋天的晨光之中,它结出了两颗可爱的果实。兴许它一直在默默努力着,努力生长,努力攀爬,努力在风中摇晃,努力蕴出果实,终于被我看见。

嗬,原来是橘子树啊。
啊,竟然是橘子树啊。

在那个清澈、温柔的秋日早晨,我默默对着一棵硕大蓬勃的橘子树想：所有逝去都去往其它的旅途吧。轻轻松松地挥挥手，就像这枝丫摇晃在风中一样。仍活在世上的人的课题是放手，放手比攥紧要舒爽得多、安全得多。常有鸟儿，落在树顶，驻足一小会儿就展翅远飞。你和我啊，各自的明亮与灰暗，也都静静振翅，飞上青空。

我私人拥有一个与庞大世界相处的秘技，落在纸面上，有点害羞，那便是永远把自己想象成一段"英雄"之旅的主角。从前看约瑟夫·坎贝尔写的《千面英雄》里说，"启程，启蒙，考验，归来，是每一位英雄的必经之路。"在我的思索里，每一个个体的人生都是一场英雄之旅。我们吞下那么多的苦和悲，也享受喜和乐，既然生命总是指向死亡，那谁又不是向死而生的英雄呢。

刚拥有这栋房子的时候，很爱玩探索游戏，就是打开每一个柜子每一个抽屉，去看里面存留的东西。找到许多小小的画作，还有一些美丽的花瓶。我都一张张拿出来清理干净，找到合适的地方挂了上去。花瓶也是，摆得家里到处都是，然后去院子里剪些枝条花叶进来。因为采的总是杂草系，生命力旺盛，有时插在水瓶里半个多月都仍然是鲜活生动的。在找东西的过程中，找到了非常迷人的可爱之处。我在厕所的小搁板上原本摆着的迷你瓷摆件上，发现了一条小小的裂痕，因为黏合得特别好，不易察觉，看得仔细才瞄得出来。又在洗漱间的木围墙裙上看到两瓶小小的赠品香水，挪开，原来是墙纸上有一条小小的划痕，应是不小心搞的，其实不睬它们也无所谓，因为太细微太不起眼。但偏就这样好好地、恰到好处地摆上了两小瓶香水。我稍作联想，就想得到，之前奶奶得到这两瓶大小合适、尺寸刚好的小香水时，脸上会浮现出何种可爱的表情。我原也是那种物件使用派，东西有了使用痕迹才觉得舒坦，崭新锃亮的，反而觉得陌生，需要多多磨合。就算这样，坏了折了也还是会丢掉吧。但有着小细纹又被粘好的小摆件和两瓶迷你香水瓶，令我觉得踏实。万物可以有裂痕，人生亦是。我想面对千疮百孔的人生，许多人都产生过索性一股脑全作废的念头，不知前行方向何如，索性就停摆再不争取罢了。但突然，蹦出来一个带着裂纹的小陶瓷，摇头晃脑地说："好心人，修修我吧，修修就好了。"

人生也是，过去的人生突然凝结在一起，摇身一变成一个毛绒小猫。她团成一个小小的毛团，对你张开肚皮，说："修修我吧，修修就好了。"

说回在房间里玩探索游戏，我们发现了一个打不开的抽屉。那是一个老式样的四斗柜，是深木色的，有很美的铜片花纹，看锁孔应该是那种老式的圆柱形的钥匙才能打开。上面三个抽屉原本就是没有上锁的，唯有底下的那个被锁住。老老的木屋里有一个打不开的抽屉，和我一起归家的朋友们立刻展开了恐怖联想。为了把这种苗头遏制住，于是开启全屋翻箱倒柜寻钥匙的旅程。随着时间的推移，那种微妙的神秘气氛就会长一寸。朋友们为了自我安慰，开始讲些并不好笑的笑话，用以嘲讽自己的胡思乱想。我为何胆量这样大？她们一直在问我，我也说不出所以然。可能与这房子的默契感太深重，以至于完全没有与之相抵抗的情绪。

我们找了半晌，终于在阁楼的另外一个小抽屉里寻得。大家拿着钥匙聚集在那四斗柜的周围，屏住呼吸等着我打开。至于里面有什么东西，我想一千个人心里有一千个恐怖假设。一根针掉落地面都听得到的绝对安静的氛围间，锁内咔嗒一声，抽屉被抽出来。里面空空如也，大家都松一口气，进而大笑起来。笑自己荒唐也好，笑想象力太过丰富也罢，总之全都笑成一团。

但兴许是因为这一趟折腾的气氛实在到位，晚上我做了一个长长的梦。梦见我也年老了，也要把这房子售卖，于是我否定了好多个不合心意的买家之后，找到了一个女孩子。那女孩子站在这栋屋之中，穿着合身的外套和毛衣，头发短短的，很是眼熟。梦里，我满意极了，也放心极了。

醒过来的时候，晨光大好。咦，好似故事循环起来了。梦境和现实变得混淆起来，我想未来的某一天这场梦一定会成真，正如我自老奶奶手里买下它一样。这房子成了每一个在这房子里获得宁静和疗愈的人的陈列馆，它被各种审美和照料呵护着，超过了生命的长度，成了一个精神地标。

我说，我在这房子里，听得到沉默的声音，听得到风的声音，听得到小动物们的声音。

不仅仅是这样，这样沉沉睡去的一夜过去，早晨阳光溜进房间里，在地板上、窗帘上、桌面上随风闪烁的时候，我甚至可以听得到阳光的声音。感官穿越了维度。阳光是什么声音呢？是窸窸窣窣的，是很矛盾的又脆生生又柔软的，是哗啦哗啦的，是像林间溪水一样的。仿佛灵性被打通，觉得一切都富有生命力。

因为整栋房子有一大部分的墙面是通体的玻璃，于是住在这儿的时候，我自己命名了两个仪式——"晨起仪式"与"入夜仪式"。晚上总会有一个时段的颜色极美，美到令人无论手边做着什么，都想停下来看一会儿。是那种太阳落山还有余晖留下的深深暗暗的蓝,于是那些玻璃窗子都变成一种极好看的墨蓝色,很深邃很迷人。调色盘是无论如何都调配不出的自然之色。窗外树影摇晃,看到温柔夜晚的具象,很有魅力,甚至带些危险的诡秘诱惑之气,仿佛夜是一个温婉女人,她眼波流转,充满心事。我会足足等到这个时段完整过去,夜幕真正拉开之时,一个一个按照顺序把窗帘拉下来。室内与室外隔绝开来,外面的夜无穷无尽,屋里的夜温馨香甜。

冬天的时候,还有更愉悦的,就是把壁炉点起来。一个是水浪,一个是火焰,总令人看不腻,无论盯住多久。它们常常变幻,永无重复,不断跳动推涌,就像永无可复刻的人生一般。水浪伴随着的哗啦啦的悦耳流水声,同火苗携带的噼里啪啦的柴火星儿崩开的燃烧的声响,都是不可多得的乐曲,什么大师都无法媲美的迷人,令人上瘾,欲罢不能。其实点柴火炉子是要吃一点小苦头的,总不是一点即着的,当然买回来昂贵的优质木种另当别论,我自然是不舍得的。于是,总要燃着点火器在壁炉面前蹲上个半天,然后终于,一根柴擒住了火苗。心里忍不住暗自喊一声:成了!有一回更是忘记打开烟囱的通风闩子,等反应过来的时候,全屋已然烟雾弥漫。我几乎是边捂住口鼻,边拉开通向院子的落地玻璃门冲将出去,站在草坪上看着灰白色的烟雾倒灌进房子,以至于整个房子看起来似一个米色的方形气球一般。深吸一口气,又冲回去把通风闩打开,那最靠近烟囱口的烟,仿佛被一股强力往里一拽乖乖往里走起来。狼狈得很,却又快乐得很。

"晨起仪式"那自然就是清晨醒来,再把那些窗帘一扇一扇拉起,满满的阳光如水如瀑地涌进房里来,冲到地板上,冲到墙壁上，披洒在每一个小小的物件上。带有反光性质的，诸如玻璃、陶瓷之类的物件立刻就亮晶晶发起光来。倒一杯热水，立刻在满溢的光中冒起热气，袅袅水雾，令人温暖。

嫌麻烦吗？当然不。我不仅不觉麻烦，甚至有点沉醉其中，仿佛在这栋屋里，深度参与了更多日落月升的宇宙规律，自己也真正投身其中，变成这宇宙的一分子。作为一个人类，再不觉得多余，只感到融洽。

住在这栋屋期间，常常想到小时候，不是故意想起，就是顺其自然，不知不觉地就冒出许多闪念。

小时候的家是需要穿过一个拐角的巷弄，然后看到一个很小的社区，由四个单元的矮楼组成。因为是厂区宿舍，大人们常常一同归家。曾有一件荒诞的戏事，这许多年来，仍是我家时常拿出来品味的往事。我妈那时是厂里的厂长，厂子里发下来的多余的避孕套全都堆在我家。小小孩童如我，哪知这是什么玩意，自己翻出来研究了一番，遂信心满满喊了全楼的孩子来家中领气球。于是，自我妈的成年人视角回忆过来的那一段堪称喜剧片里的高潮，大人们收工回家，转弯进小区。傍晚时分，落日氤氲，绯色晚霞和暮光中，满天皆是吹了气的透明气球。成年之后，再听这段，真是笑到腰都直不起来。在脑海里，不自觉为这段记忆配上了非常辉煌的交响乐。满天透明光球纷飞，大人们瞠目结舌，孩子们四处翻飞，众人皆是慢动作，阳光特别美，一切都镀着金边。

荒唐极了，但却是再也回不去的荒唐；怪诞极了，但却是再也回不去的怪诞。

莽撞愚蠢的小孩童已然长大成人，如果让我自时光门中回到那一瞬，我肯定像个发了疯的成年人一般，冲去，和她们一起把那莫名其妙的气球拍上天空，然后告诉自己：可千万别哭，好好记住这无拘无束、无知无畏、无法无天、无苦无悲的快乐吧。

入夜之后，总是在一推门的时候就能看到一颗非常亮的星。论起东南西北，我总要用最笨的老法子，面向太阳升起的地方，配合着手念念叨叨，上北下南左西右东来定个准确方向。那天就是这样一番操作之后，意识到那是北极星。夜空中肉眼可见，它是一颗恒星。恒星，这一个"恒"字听着就令人安心，而且恒星的恒是当真的，不是说说而已的人类辰光。我在这世界的众多地方都与它相逢过，它总是这么亮、这么醒目。像一颗剔透的眼泪挂在天空上。为何要做如此悲伤的比喻，钻石多好，却要说是眼泪。因为人们啊，总是在望向星空的时候，浮出那些可说可不说的隐痛，痛是痛的，但却是隐隐不发的。于是没有什么理由为它疯狂，抑或是沉沦。那就让北极星成为每一个望夜之人的眼泪，在那宽广美丽的星空之间疗一疗伤吧。

星空也好，冬雪也罢，还有春天开出来的一丛一丛的花，秋日那格外湛蓝高远的青空。它们都不是这栋屋独有的风景，但在这栋屋子中，它们都有了声响。星空的声音是像海底的潜水棒敲击气瓶一样，深远透亮，有时是沉默的，就像深夜听到的那般。夜里还能听到冬雪融化的声音，是汩汩缓缓的细水流动之音。开花的声音更美妙，仿佛是少女的笑声，明朗到生怕你听不到的程度。秋日的青空就沉稳得多，它像一声山谷的回响，悠扬而遥远，等你听到的时候，它已经走得远远的了。

我曾在这栋屋中痛哭过一次,因为什么着实忘记了,好多年前的事了,想来也没什么大事,定期排毒也未可知,就是想哭一哭也没准儿。但我记得我哭着哭着,突然一只硕大的飞鸟从天空上俯冲下来,非常不真实地以很快的速度,贴着院子的草坪滑了一米之后,又向上飞向天空。一切发生得太快,以至于我顿时忘记还在哭这个机能动作,立刻蹦起来冲到院子里。看着那只大鸟一直飞,一直飞,飞到一棵高耸的树冠之后,再不见踪影。

这边的鸟儿实在是多,尤其到了夏天,早上一定是被鸟儿的叫声唤醒的。不由得你听不到。听不到的话,就飞到你头顶的窗户格子上叫,叽叽喳喳,直到喊你醒来才算完一样的劲头。不仅是鸟儿,长翅膀的其他昆虫亦是。有一回我坐在院子里看书,艳阳高照,明晃晃的日光一度晃得我准备起身回屋。突然一只蜻蜓落在我的书页上,因为距离太近,近到我当下只有一个反应就是屏住呼吸。那蜻蜓有着浅蓝色、半透明的翅膀,黑色的身躯,它就这样停在了我的书页上。我看着它,非常自然地浮出一个想法:看来快要下雨了。抬头就真的看到一团云快要逼近,然后又坐了一阵子,真的落起了雨点,一滴一滴打在书页上。这才起身,不得不撤回屋内。

就是这般,仿佛是孩童时自绘本或者自然课里学到的东西,都被重新仔细而精妙地一一播放。夜里起风,第二天一定是明朗的晴日。蜻蜓飞来,大约便是要落雨了。这些美丽如诗一样的自然法则,在这栋屋和我的心里重新生出枝丫,活灵活现。在如此纯粹的自然之声中,人也就非常自在地面对自己吐露灵魂。

人为何总会迷恋与自然相处的境界,别人不知,对我而言,总觉得自己之外的另一个自己是由一幅拼图组成的。从出生以来，有一些就是空白待补的。每一次与大自然密切而深入相处之时，就会自这段经历中捡拾到一片小小的拼图，一块一块，我们不断地捡到形状不同的碎片。然后不动声色地一点点拼凑另外一个完整的自己，我并不知道还有哪些碎片散落在沙漠里、大洋中。但至少这小屋之外的森林深处一定藏着一小片，它正在被温柔晚风缓缓吹到我的手边。

睡意满满的午后

被木头包围的玄关

穿着从乡村超市里买回来的粗线袜子

冬天的小屋

从院子的木梯上去可以去往木丛深处

七米多高的落地窗

被绿意包围

取了阁楼的台灯搬去卧室

晚上生起壁炉

夏天常常在院中吃饭

02
光怪陆离森林大会

凌晨两点，收到朋友的视频电话呼叫。这位朋友长期居住在东京，已经快要十四年的时间。偶尔会驱车到我的小屋里住几晚，常常是来取露营装备的。因为在我的院子中的小储藏间内，放着许多露营装备。然后会留宿一夜，第二天再离开。

我睡眼惺忪，头昏脑涨，点开接通按键，看到十分古怪的画面。她抱着一个空酒瓶，满脸紧张神情，眼神四处转动，看到通话被接通，一瞬间露出马上就将哭出声来的样子。我的情绪也不由自主被带动，就像看一部紧张剧情的电影，突然被导演用那种明明习以为常却总是屡试不爽的惊吓手法点了一样迅速清醒过来："怎么了？出什么事了？"她支支吾吾，话不成话："有声音……很大的声音……就在家里，不对，不对，在顶上，不不不，就在家里……"说话期间，她把怀里的空酒瓶子攥得更紧了，就像随时可以战斗的动物一样，全身的汗毛都竖立起来。

我的厨房最顶层的搁板上面，放着喝完的空酒瓶们，什么酒类都有。她慌乱中恰好拿了一瓶新年喝光的开运酒，瓶身非常喜庆耀眼，五颜六色。突然想起，在前几年，我着实度过了一整段昏天暗地的饮酒时光，又或者说是一整段兵荒马乱的人生。喝了过量的酒之后，我会断片，也就是有一段记忆会凭空消失，非常干净利落彻底地消失。它们究竟去哪儿了，又是谁主张删除了它们，这是一个找不到结论的问题。于是我总是认为当时是快乐的，毕竟记忆丧失之前总是笑着，翌日醒来，托代谢的福，也不会太难受。直到有一回，见到一张照片，照片里的人是我，但又令我感到十分陌生。只见那人半跪在床边，头就那样平白搁在地板上，眉头皱起来，两只手都攥在胃那儿，像一只受了重伤的动物。

最浑浑噩噩的时候，甚至觉得就这样一醉不醒也许是最好的死亡方式，无痛无苦，跟那段空白的记忆一起烟消云散。不必再醒转过来面对什么坚强勇敢之类的蠢事。时过境迁，现在想起来自然是太消极。但据我自己的情感理论，那个情愿一醉不醒的"我"还留在那处，多不公平，和沐浴阳光的我、雨过天晴的我、懂得克制也懂得放过的我，明明是同一个人。但只有她，如一座悲伤的雕塑一般，永远地留在了当时。我可能永远不知能如何救赎她，却明白，今日的轻松是因为把千斤万斤的石块笼统算作一堆地留置在了她的那一页书里。

但话又回来，大家总是一家人嘛。毕竟都是"我"，真正不分彼此。总说得负重前行，我内心并不认可这句，其实谁都不需要负重前行。踏上新路程，什么都不需要携带，只要对自己自私些，把不属于此刻这个我的东西都抛掉。孑然一身，清洁一身。

又扯远了，说回夜半惊魂记。

朋友高举着手机，以便于让那把她吓到的巨大声响能被收录进来。其实根本不需要这样做，因为通过声筒，那些巨大的、可怕的、完全凭声音本身推测不出缘故的响动，一阵一阵地传过来。"去外面看了吗？""去了，没有人，没有动物，什么都没有！""要不要报警？""报警说什么，有鬼吗？""啊，确实……"只有不挂电话，就这样，隔着海峡，共同度过神秘一夜。

我没有身处恐怖环境之中，思维明显更理智，我猜应是楼顶上进了什么动物。我家的屋子构造是这样的，全屋的大部都是通顶的，木梁可见。但是在主卧和客卧那两处，应是为了更好睡，毕竟低矮一些的屋顶更有包裹感，于是做了一层内顶，是如平常公寓一般的平顶，但都是用木头封的顶，非常漂亮，垂挂了圆形带穗的球灯。也就是说，这两处房间的顶上，将会产生一处空区，房间的内顶与本身房屋的斜顶之间的一块三角区域。那儿本应是完全封闭的，我猜，是在这个家外部的某处，被什么聪明的动物找到了什么空隙或者孔洞，住了进去，图一个遮避。

于是就开始约驱逐动物公司上门，大家打开顶板，踩着高梯上去一看，惊喜连连。先是看到一窝果子狸。因为我并不在伊豆，正在贵州的酒厂拍摄广告，所以皆是通过邮件沟通，看到这句话的时候，我重复刷新了翻译软件好几遍，才真的确认没理解错误。我自网络上查询了果子狸的照片，看着那张诚实说起还算可爱的脸——有粉色的小小鼻子，还有白色的鼻梁，圆溜溜的眼睛周围有一圈黑色的绒毛，还有长长的毛茸茸的尾巴。一时之间，哑口无言。本身老酒厂里酒曲浓香，整个工作环境就宛如做酒醺沐浴一样。大家待上了一整天，都觉得不饮自醉。听到这种奇事，真是感觉自己一定是喝大了。而且工作人员的邮件里的话也有趣——"它们已经在这里生活很长时间了，有一个大家庭。"我真的当场笑出声来。脑子里不自觉就联想出那种幼稚的画面，果子狸爸爸正坐在沙发上抽烟，果子狸妈妈在厨房里煮面，还系着那种米色带碎花的围裙。还有几只果子狸小子正在四处跑闹，手里举着灰色红色相间的飞机模型。镜头下移，我的朋友正抱着开运酒瓶瑟瑟发抖。噗哧，荒谬至极。

以为这就完了吗？差得远。不光有果子狸一家，那小小的卧室顶部空间里，还住着黄鼠狼一家。我忍不住回复邮件问："它们不会打架吗？"再次收到反馈邮件导致我想飞过去当面见一见这位工作人员。他写道："它们是可以共存的物种，但是发生了事情，也会打架，应该就是因为打架了，才被您的朋友听到了声音。"真想呼叫哪家动画片制作公司来将这位员工接走才好。

听起来有些可爱，实际情况却糟糕得多。随着邮件附着的还有照片，很狭窄的顶棚空间里，有动物，还有数不清的排泄物和被它们捡拾回来的垃圾零碎。而且既然进得来，那自然在这栋屋的外部有什么地方是有破损的，也得细细找出来，不然的话，日积月累，会否直接变成一个屋顶动物园也未可知。总之，不处理自然是不行的，只有一步一步来。但是由于搜索了那拥有可爱粉鼻头的图片，心里变得婆妈。忍不住去咨询了一番当他们捕捉到这一家几口之后，会怎么处理动物们。得到了会把它们驱逐出来，诱捕之后，放生到应该生存的地方去的回复，才放下心来。于是，就要先驱走它们，这就花费了几天。然后清理，又是几天。接着还得做消毒，再全屋做缝隙检查，重新密封，全套措施顺下来，我几乎不敢去查收账单，生怕吓出个好歹。

再回到这栋屋，每次躺在卧室的榻榻米上的时候，就会不自觉地想到，在这顶棚之上，曾经住了两家动物，真是不可思议。又会有种莫名的愧疚，总觉得人家住得好好的，和和乐乐。就这样被我粗暴撵走，连个搬家的通知都给不到。

我还在自家院子里见过"四不像"，学名叫作日本鬣羚的家伙。它出现得非常突然，我正坐在客厅茶几前面的地板上喝茶。茶叶是从国内带过来的，很浓香甜润的红茶。用的最简单的玻璃圆球形的泡茶壶。但是杯子选了美丽的，是深蓝色的窄口高身的小茶杯。里面是非常原生瓷感的米灰色，底部有很简单却好看的草纹螺旋饰样。我正在喝着茶，房子里徘徊着音乐。总而言之，是一个普通又柔和的下午，外面也很晴朗，晴朗得很平凡，天空有云还是无云记不清楚，并没有任何特别的需要注意的地方。就是这个时候，突然一只动物自院边的灌木之间冒出头来。院边的灌木都被园林公司修剪成一坨一坨的圆形树墩，非常可爱。就在那两坨圆光溜溜的植物之间，它突然就走了出来。我毫无心理准备地与它四目相对，它亦是。我们之间的空气凝固了几秒钟，但是我非常肯定它并不惊慌。只是或许有点意外："咦，这房子里怎么突然有人了？"就是诸如这种疑问。就这样彼此对视了几秒钟，我才想起来抓起手机拍一张照片。按完快门，随后，它就一个转身又回去灌木丛之后的密林之间了。

实话实说，它模样怪得很，似羊非羊，角短而袖珍。又有点像鹿，有鹿那种又尖又圆的耳朵。还像矮脚马，又像小牛一样憨实，难怪被叫作"四不像"，总是绰号更生动准确一点儿。坐在自己家里，看到一个这么少见的动物的感觉，实在够奇妙。被一种浑然不觉的能量提醒着，这儿不仅仅属于你，这片森林，这个村子，乃至这个地球，都不仅仅属于我这种人类。它被太多物种共同拥有。比起学会一门外语，我格外想拥有的一项特殊技能，就是同动物沟通。鸟儿们南迁北飞，动物们冬眠春醒，它们的寿命有的短于人类，有的长过人类，它们有的看得见暗夜里的光影，有的听得到我们听不见的音波。宇宙太大，星球与星球之间空洞而寂静，这世界的定理无人摸得清，但我总认为动物们知道得比我们多那么一点。

我是养猫的人，是一只小母猫，天性使然，总是粘我的男友多过于我。每次回家，看到是我，都会在那张猫脸上被我细微地捕捉到一点失望。有气无力地喵叫两声，就转身跑去沙发上团成一团继续睡觉了。但若是另外一个人回来，它可是精神抖擞，站起来用前爪扒在人的身上，仰着头一直响亮地喵喵叫不停。我经常气不忿地用手指敲它的头，一边敲一边数落。但也接受了这回事，心有不甘却也无能为力。明明是我把它带回家来的。

那是一个冬夜，我去领养猫的地方。其实是朋友拜托我收养它的，说它长得很美，但是脾气太差，躲在空调机和天花板的缝隙间不肯下来。没有养过猫的人都不敢领走，恐怕自己相处不了。朋友知道我是养过猫的人，那时刚刚送走一只老猫。养过猫的人，大约总是了解猫的习性，其实与动物相处、与人相处都是一样的，不要强求，自然而然最好。于是，我就去把它接回来。它果真就蜷缩在空调机顶上，可怜巴巴一小簇，眼睛圆溜溜，充满了警惕。稍有靠近，就龇着小小的牙齿弓背哈气。抓了它塞进笼子里，一路上开车回去，连笼带它都被放在车座上，它在笼子里缩到无法再后退为止，一直保持战斗姿态。回了家也是，不吃不喝，往电视机柜子和墙的缝隙里一钻再不出来。我也索性不理它，放好食物与水，待它自己明白此处很安全，无人想要伤害它。后面的变化，令我简直要惊呼一声欺诈：第三日它就跑出来了，没有任何过渡，从那缝里走出来，直接跳上沙发，往我大腿上一趴，呼呼大睡。就是这样，我们有着空调机和电视柜的情分，却敌不过一个男人？大惑不解，匪夷所思。

直到去年冬天的一天发生了意外，它丢了。大概是我们在院子里弄东西的时候，从门里跑了出去。但它经常出去玩，一开始我们并未当回事。直到许久都不见它回来，才开始慌张。两个人在深夜无人的社区甬道上一边轻声唤名字，一边四处扒翻。那个晚上在我心里真是痛苦至极，腿都走到不似还是自己的，还是不想停下来，总觉得再往前走一步，就走一步，就能看到它奔跑过来。就这样，一直走到天蒙蒙亮，太阳快要升起来，抬头往前望去，空中开始泛起轻浅的绯粉色。原是很美的景致，但在那刻，充满了令人绝望的气质。

当然最后终于还是找到它了，在一家无人居住的院子里的种花大瓦罐里。专业人士告诉我们，它出去一定遭遇了拦路的流浪猫部队，受到了追赶，以至于迷路了。找到它时发生的事情，我永难忘。我想它向来更爱男友，就让他去唤它出来，结果喊了半天，它越缩越往里。我实在急得不行，加之一夜的惊魂未定，直接冲上去，喊了一声它的名字。谁知，我刚刚喊出声来，它就冒出头来，看到我，立刻向我奔来。眼泪都喷涌出来。仿佛那个躲在空调机上的小可怜，与这个灰头土脸的蠢家伙两相重合了。在最害怕的时候，它信任过我一次，就永远都最信任我。这就是动物的爱，

光怪陆离森林大会

绝对的信任，永久地持续地不会改变的信任。被信任的能量很磅礴，令人总能挺起胸膛、充满勇气。

我想我是爱动物的，虽不至于所有都爱，但也至少爱着大多数。这种爱动物的心情，在这栋房子里被放大到数倍，甚至发展到那些"不至于所有都爱"的部分，也觉得挺好。这屋在乡村，又贴着地面，有大大的庭院，当然是有各种昆虫的。我向来不怕昆虫，但是睡醒睁眼第一瞬，看到一只蜘蛛就在距离你半米的地方慢慢爬动，还是会觉得有些惊悚。但连我自己都讲不好，是什么时候开始，逐渐真的接受与它们共处。那些小蜘蛛、小壁虎什么的，一同住着也无妨。我常常和朋友们讲述这个，好多朋友捂着耳朵哇啦乱叫："别讲了噢，再讲，不喜欢你家了！"

那类期盼自己能听懂动物言语的愿望，到幻想自己真的听得懂的胡思乱想，在这一小片森林的包纳之下，都变得并不奇怪。可以做一个奇怪的人，是住在这儿的时候，最快乐的感受。有过三年没有回来这里的时候，再回来的时候，杂草丛生，前门几乎要淹没在疯长的草枝之间。披荆斩棘地绕了个弯，走到后院去，看到奇景。草都长得高高的自不必说，风吹过来就像青色的水浪一样来回扫动。在杂草之间，生长出许许多多的野百合。野外百合都有着长长的茎子，大多数都长到成年女性那么高，花的形状就像一个漂亮的话筒，可能因为风向问题，它们通通都将花口对向森林。仿佛森林里随时会出来一个演出的动物，它将说着我听得懂的话语，唱着我听得懂的歌。那一时候，三年来的苦闷似乎都消散了大半。至少在这里，很多东西都旺盛而自在地生长着，一如它本应有的样子。这像森林舞台一般的后院，我好长时间都不舍得清理。还做了更奇怪的事儿，大半夜偷偷溜进来，通过窗帘的缝隙往外看。过后自己都取笑自己,难不成还真的企盼着看到一场森林音乐会吗?罢了罢了,不如去睡觉,也许沉睡的灵魂才能收到邀请函。

松鼠是最常来院子里的客人,有事没事就会呼啦啦从院子里跑一趟。有一天睡前我悄悄放了一小把坚果在院子的草地上,第二天起来,袜子都没来得及穿好,就跑出去看一眼。结果那儿空空荡荡,那些坚果全被拿走了。我太快乐了,整个人忍不住在院子里跳起舞来。若这个时候有人问:"你为什么这么快乐?"我也只有丢出令人无语的回答:"因为松鼠来我家拿走了坚果啊!"这多值得愉悦起来。

世人都盼再聪明一点,仿佛脑子灵光多些就可以驱祸避凶。但这片仿若与世隔绝之屋,一直在默默告知我,笨一点、蠢一点也无妨。怪异一点更好。

有时候骑自行车出门,被乌鸦拉屎在头上,也不敢作声。因为常识告诉我,乌鸦这家伙实在记仇。记得看过一个新闻,一个主人养了两只大狗,其中一只狗出门之时凶了一只乌鸦。这睚眦必报的乌鸦居然每天蹲时蹲点飞过来,等着拉屎在这只狗的头上。怎么能料定是报复呢?因为一早就说了嘛,有两只大狗,它永远只拉在那只犯事的狗头顶。于是那天本来开开心心,洗了澡吹了头清清爽爽出门,一切都挺好,还没等我开始唱歌,一坨稀呼呼的东西正中头顶。我呲牙咧嘴地抬头,骂唎唎的语言都已经全数冒到嘴边了,结果看到一只大乌鸦在天上转圈。立刻调整了一下面部表情,做出无所谓、知道你是不小心这种体谅人的神态。只得返回家去重新洗头,在洗澡间站着的时候,就开始批判自己真懦弱，竟怕它小小一只鸟。过后，我同朋友聊起，她一口米饭直接喷出来，哈哈大笑，指着我连句完整的话都讲不清。我说："其实我后来想想，我骂了又如何，换个衣服戴个帽子，它也未必认得出我吧？"朋友更夸张了一些，笑到跺脚拍桌："喂喂，这是重点吗？"

还有蝴蝶们，院子里的蝴蝶都体格超大，扑扇扑扇挥动美丽的翅膀，围着人转圈。我从不抓蝴蝶，因为小时候曾经捕过，留下了一些阴影。那时候抓蝴蝶的招数有两个，一个是直接双手拢成小山状，趁其不备扣上去。再就是趁它合拢翅膀的时候，突然出击，用手指精准捏住两只翅膀。但有一天下午，我发现了一只硕大的黑色黄色花纹的蝴蝶，下半翅膀还有两根长长的拖尾，好看的地步，是直到现在仍然记得的程度。因为很大，所以采用了后者的擒法，蹑手蹑脚靠近。捏得也很准，稳稳抓住。但那蝴蝶的求生意志可怕，它用我反应不过来的不断挥动挣脱了我的手，飞走了。但因为挣扎和搏命，有一小半片翅膀留在了我的指尖，这一切发生得太快，快到我怔在原地。我哭着跑回家，感到自己简直像个凶手。自那以后，再也不抓蝴蝶了。

后来曾经在小区楼下的花园里看到过翅膀有一点点残损的蝴蝶，总会觉得安慰。想那只童年的大蝶也许当年也活了下来，挥动着破损的翅膀。于是，在这里再遇到大蝴蝶也好、小蝴蝶也罢，我都会从骨头缝里调出最柔和、最友好的状态去看向它们。

我便是这样，在这儿短住的时候，同所有的动物们认认真真，客客套套地相处，努力去揣测它们的念头。这样的思想和行为，都令我放松。我甚至想，再这样下去，我没准不久就突然习得与动物对话的本事了呢。（写到这儿，真恐怕读者们认为笔者真的疯了。可惜的是，我也知道自己是在瞎扯。如果我当真这样想，才是万物有灵的真正恩赐。我尚没有这样饱满的运气。）

不仅同动物，同人也是一样，我会特别愿意靠拢那些有一些动物性在身上的人们。有那么一群人，看到他/她就会不自觉地关联到一种动物，可爱也好，凶猛也罢。总之就是会突然脑海间冒出一个动物的形象。然后你看他们的时候，就觉得更加可爱起来。并不是样子像，是一种与生俱来的奇妙共性。我曾经在一次聊天中，无意中说一个非常瘦弱温柔的朋友总让我想到雄狮。她当时露出惊讶的神情，非常认真地说，最喜欢的动物就是风中的雄狮。就是如此，我自己也无法全然了解，但就是总能遇到让我觉得有一点动物性的人们。

我从前相逢过的小小婴儿亦是，婴儿是人类最像动物的时期。许多本领还未获取，很多感知也没有点满。诸多反应皆是本能，哭了笑了都是。但是却格外让人感到强壮与生机，生长速度惊人，生长的意志也饱和。我在与我的小小婴儿相处之时，领略了太多从前未曾想过的思考角度。很快，这世界将会如儿童童话中的巫婆教母一样把欲望、自私和虚荣双手送上，当然也会把勇气、坚定和自由一同给到。社会帷幕缓缓拉开，大家都赤膊上阵，风霜雨雪。总有人坚持不懈探究如何才能持久地获得快乐，我常想是否就是在明白自由和不自由永远绑定，宛若连体生物，而快乐与不快乐也恒久共存的时候，就有某种真理来轻轻叩门了？

婴儿们在成年人看来什么都不懂，确实也是，吃喝拉撒都需人帮忙，还能懂什么。但真是吊诡，什么都不懂的婴儿却最懂得做自己。不似我们，好像总在模仿。不是模仿具体的某个谁，而是模仿成为一个人类。人类应该怎样，人类必须如何。明明我们便是生命本身，却总在模仿生命这回事。

有一回我在一个山坡上，那也是好多年前了。满坡都是成熟的蒲公英，我在那个坡上躺了很久。一阵风吹起来，能清楚看到身边离得近的几株，被吹散，一刹那，那原本绒而满的小球，散成星星点点的浮萍向天空飞去，很快就不见踪影。我突然觉得人的一生大约是这样的。并不像蜡烛燃烧，走到老年，就到风烛残年，这样想实在太哀伤。不如就像蒲公英，最绽放的时候，借一阵风直上九天，把精神拆解成细致的小人儿，想去哪处就去哪处。允许自己什么都想要，也允许自己可能什么都得不到。但总是飞翔一场，播种在什么未知的地方，再遇到另外一场轻风。

在这栋屋里的我，也许并不是完整的我。是一个部分的我，就像蒲公英种子一样的我。它飞来飞去，落在了此处。它或许比城市里的我、骇浪里的我都要愚笨一些，但却更会做梦。入夜之后的庭院，如果不开灯的话，一片漆黑。我有许多来小住的朋友都怕，总要打开院灯才出去。但打开了灯，星星就黯淡。只有黑漆漆的夜里，星光才璀璨。我在这世界上的许多地方看过星空，拍摄过星空。必得寻找或者创造一个绝对黑暗的环境，才能看到闪烁的银河。令人赞叹和令人恐惧之间相隔不远。

自家中看去夜晚的院子边缘，后面的小林也变得深远起来，似乎能把人一口吞噬。为什么就不怕呢？对呀，为什么就是不怕呢？我猜，是因为这一撮蒲公英种子的我是属于森林的。既然是属于森林的，哪管黑夜白昼。

深究害怕些什么，或者说，什么时候人会产生害怕的感觉呢？当察觉到自己并不属于这一份环境的时候，才会恐惧。所以有的人害怕寂静的山谷，有的人害怕觥筹交错的酒宴。我当然也害怕过，害怕到浑身发抖无法自控。正是沉溺饮酒的浑噩时光里，我发现我失去了一个位置。曾经我成为了一个妈妈，然后我失去了这个身份。在这之前我是无忧无虑的青年，好像经此一役，我也无法找回这个身份。再接下去看，好像列车脱轨，再无前路。无论身处何处，都觉得自己并不属于此地。没有敞开的大门，只有冰冷的墙壁。同情的温水池我不想跳，假装无事发生的花园也不愿进，愤怒啊，发泄之类的修罗场更是退得远远的。人一旦失去命运的位置就像被夺走了姓名的行路人，导航失灵，万事杂芜。

我的解决方法十分取巧，凡世之间暂时失去了位置，那就去更宏大的空间中寻找。在无限的黑暗之中思索痛苦这回事，在各种事物的消亡之中考虑告别，在美到不似真实的风光中识别美，在动物们的眼神中感受沟通。渐渐曾经执迷的东西忽然都不再重要，拥有一个答案并不会让一切变得更好，而找不到答案也不会令事情更糟。

至于曾暂住我家屋顶隔层的果子狸一家同黄鼠狼一家，其实我后来仔细回忆，感觉应该是同住过一段时间。因为我也常常听到响动，但往往不持久，加上胆量壮，从没有计较过。听过就听过，还有一次友人来住。大半夜，她突然坐起来，转过头来，轻声说："你听，有声音，好可怕。"我侧耳倾听一阵，再无声响，打开台灯："你这样披头散发突然坐起来，语气鬼鬼祟祟，更可怕。"这样想来，应当就是它们发出的声音吧。

我总把在这栋屋的居住期间见到的所有动物，都想成是朋友，就算是一厢情愿也好。世界博大，相逢困难，人与人相遇都已不易，更何况是跨越物种的一面之缘。尽管我总是怀疑那只在院子里时常蹦跳的松鼠是同一只。

家附近有一家小小的动物园，我往常是害怕动物园的，因为总觉得动物园里充满了囚禁之气，非常令人丧气。但这家不同，全是些小家子气的动物，猪、牛、鸡都养在里面，太有意思。动物园里有头驴，我头一次在动物园这样的地方看到驴，因为新奇待了很久。而且大概驴实在平庸无奇，没有什么人逗留。我自认为是在陪伴它，一直随着它走动，它去哪儿我就去哪儿，它折返回来我也折返回来。终于将它惹恼了，开始特别闷气地发出叫声，甩头甩尾的。即使还不懂动物语言，也能感觉到真是生气了，我赶紧跑了。后来每次去，我都会专门过去看看那驴子，第二次依旧把它弄生气了。递过去的草料也不肯吃，把屁股对向我，呼哧呼哧喘粗气。最近一次过去，我刚刚走近，它就向我走来，露出一些亲昵姿态，真是受宠若惊，可见厚脸皮对于跟动物交往来说，也是有效的。我坐下来和它聊了很久，它的脾气也好了很多，一直怪有耐气的模样。

有时在厨房烧菜，抬头会看到墙角有一只壁虎。第一反应要不要逮住它丢到外面去，转念就想，罢了罢了，它又不吵闹，还能吃掉些蚊子，索性就让它待在那里。但知道它在那里了，就总想抬眼去看它。过了两天，我怀疑它死了，不然如何一动不动。就拿张软纸巾去戳，它快速扭动身体，往前蹿了一段距离。还活着。

我的乡村小屋就像一个与动物世界的联络站，有果子狸、黄鼠狼、小松鼠、壁虎、蜘蛛、大鸟、乌鸦、蜻蜓、蝴蝶、鬣羚，还有动物园里的驴。有时朋友来了，有了四轮车，驱车出去经过一些山路还能看到小鹿。这一切对我个人来说，都特别重要和珍贵。我可以接受这些来自森林的朋友们的慷慨，乃至于有些奢侈地释放爱与愚钝，无论送出多少都没关系。因为我总是得到得更多。

关灯入睡，一切沉寂。

一只小小的松鼠从树上溜下来，蹦跳到院子中央，把坚果取走了。接着一只大鸟衔来树叶做成的信纸，上面只有几个字——暗夜森林演奏会。可惜我从来看不到，因为太阳一升起来，它就被清晨的风儿吹走了。

我头一次在动物园看到驴

当时厨房的顶上有小动物

坐在客厅里，常有各种小动物经过院子

夏日里郁郁葱葱的院子

和鸭子们

从院子里剪了枝条插在水瓶里

看到最上层的酒瓶了吗

噢，还有卧室的顶上也住着小动物

和袋鼠们

还有散养的小猴子

03

不愿醒来的旧梦

淋浴间里因为放了很久的热水,雾气笼罩。

拖鞋是新的,骑着自行车去超市里买的,原先的那一双有点开胶。这一双的颜色非常柔软,是浅浅的鹅黄,底子是奶白色的,虽说是新的,但是柔软如旧。我真喜欢这种有旧物气质的一切。在淋浴头的那面墙上,有一面低矮的镜子,关于在洗澡间里放镜子这件事,我一直觉得幽默。是要自己坐下来,边洗澡边欣赏自己的胴体吗?虽然在内心取笑着,但是既是有了镜子,那就免不了要看上几眼。我喜欢我的小腹,它很平坦,却不空瘪,在最下方的位置有一条极浅的疤痕,呈很浅的棕褐色。用棕褐来定义不准确,是浅棕褐,被日光晒了许久自然褪色之后与肤色极其接近的颜色。它很细,细到有时候团坐起来,皮肤打一点褶皱之后,就会消失不见的程度。我往后退几步,温热的水冲淋到身体上,顺着皮肤往下蔓延,像许多蜿蜒缠绵的小河。它们汇合,分开,分开又汇合,流经那条细细的疤痕。那是一条剖腹产的疤。

我从来不知道剖腹产时的场景是那么令人心不在焉，人是绝对清醒的，早晨没有吃饭，甚至还能觉得有点饿。我躺着，能看到几个人推着我匆匆赶路。我故作轻松地说："我进手术室了。"一起推车的护士笑着打断我："不是手术室，是产房，咱这是好事。"她有点年纪了，带着口罩，只有弯曲的笑眼。我觉得这番计较十分可爱，但又笑不出来，因为实在心弦紧绷。情况似乎很紧急，没有人有空闲告诉我能做些什么，只得这样躺着，被推去产房所在的楼房。是深秋，我平躺在床上。有一些空荡荡的树枝和光影，床车的小轮轧过不算平滑的水泥路面，产生微小的颠簸。

手术室里的状况更是很分裂，我仿佛被分成了上半身与下半身，它们分别去往不同的空间语境。上半身的我从思维到感官都无比清醒，听着医生们的闲聊，偶尔还插嘴几句。很快，那小而陌生的一团被贴到我的脸上，我努力回忆温度之类的细微记忆，但脑子里空空荡荡。几乎都没有时间看清，就被分开。镜头闪烁，许多张人脸，笑着的哭着的，耳边的话语也是乱的，都是同时发声，导致我并听不清分明的具体话语。一切都很快，有点混沌，也很新鲜。我记得生产完的第一顿饭是切得很细的肉丝，豆芽与豆腐，还有软糯的米饭。瞧瞧，这些无关紧要的东西，倒是印象深刻。我太饿了，吃得精光，一点汤水都没有剩。

镜子上也起了一层雾，我用手抹开，有了雾气作为介质，那条细细疤更是隐而不现。就像随着那条疤产生的一切故事，悉数化作尘埃消散。影视作品中演绎那些似真似幻的情节，总是会有荧闪迷蒙的光色处理。每次我想起那个深秋躺在移动的床上的自己和那些寂寞又深静的纷乱枝桠之时，也会有同样的感受。它们仿佛发生过，不然哪里能绘出如此多的细节。但又令人不确定，因为最重要的部分又总是隐隐约约。

洗完澡吹干头发,这栋屋的吹风机也是老式的,很笨重,不似最新款的那些,又利落又轻巧。但我不舍得换掉它。起居室里也没有空调,原本就有一个风扇,丑丑土土,是黑色和深蓝色相间的,不高不矮,在一个很新奇的高度。但由于空间太大,很热的夏天实在是不够用,又自超市里买回来了一台。是我最喜欢的黄色,圆圆的,很墩实可爱。价格非常便宜,功能却是齐全的,微风,中风,强风,左右摆头,上下摆头,甚至还可以转着立体圆周摆头。到了夏天,我每次打开它,看着它在那边摇头晃脑,就认可它是有生命的。觉得它像一个正在鼓起腮帮子使了吃奶的劲用力吹气的小黄胖子,头发是毛寸,都立起来,还朝向不同的方向,像个破鸟窝一样。第一次在这栋屋里打开风扇的时候,突然觉得有点陌生,因为真的很长时间没有用立式风扇了。

童年时候的夏天总是很热很闷,放学回家的路上,远远抬头,能看到水纹状的蒸汽浮在前头的路面上。家里有一台金属外框,叶片是浅绿色的立式风扇,启动起来声响很大。金属外框上有可以打开合上的契片,边缘的细微处有一些锈迹,每一年入夏打开布套子的时候,那锈迹都会多一点。按键是长方型的小块,按下去哪一个,另一个就会弹起来,需要用一点小力,会发出"叭"一声。外框是可以拆下来的,三单元的一个小子就因为拆了外框吹风扇,大家都吃午饭的时候被揍到哭得撕心裂肺。我妈趁机捡现成:"不能拆下来啊,叶片转起来很危险的。"我扒了口菜:"放心,我又不像他那么傻。"

夏天的午后可真安静啊,不像现代的都市,大家的睡眠都被进化掉。童年记忆里，仿佛全世界的人都是睡午觉的。于是下午上学的路上世界过于安静，安静到像是穿梭进了异空间一般。风也是静止的，若不是那些氤氲晃动的水蒸气，我会怀疑所有的一切都定格了，这是时间的空隙。

我非常肯定，童年的我们都想过许许多多深沉的命题。不带一丝对年轻的调侃，是真正的、彻底的深沉。那种万物静止的浓夏午后，我遇到过一个老头。其实我们经常见，是就住在这条路上的远邻。中间横跨了几十年的时光，从来没能搭过话。我喜欢蹲下来看蚂蚁，看到蚂蚁成群结队地搬着从类掉落的食物残渣替它们高兴。忍不住想，这若是我，在这条无聊的小路上走着走着，捡到了硕大的心仪的东西，呼朋唤友来搬运归家的心情，是何等的满足。所以只要时间足够，总是蹲下来看一会儿。"我也喜欢看蚂蚁。"突然，那老头说话了。我抬头，他离我很近，但并不面向我。"要到冬天了。"他继续说，语气非常感叹温和，我再次看他，他仍然面向不知何处，眼睛倒是炯炯。

这已经是几十年前的事了，我却记得格外清晰。他就说了两句话——"我也喜欢看蚂蚁"和"要到冬天了"……那老头的样子我也记得，有宽宽的下颌角，往下耷拉的眼睛，胡子短短的、白白的。穿着一件米青色的短袖衬衫和那种皮质的棕红色带金属扣的凉鞋，衣服很干净、很体面的模样。神志似是不清的，可能是得了阿尔茨海默病，但我在往后的日子里回想，那个在火热的盛夏说着"要到冬天了"的人，应该并不是现在的这个老头。可能是某个冬天等待恋人的青年，又或者是在一场冬雪中等着玩耍的小男孩。

在这栋木屋中住的时候，衣服全是现买，也没有什么高级商场。哪里扯得上高级商场，连正经的服装店都没有几家。我领略了一项新乐趣，在超市里买衣服。坐列车几站之后下来，有一个大超市，超市里会有一个区域挂着各种衣服。大多数面对的客户群体看起来多是中老年人的样子，我却极爱在里面翻找一些可以买回来穿的衣服。便宜到不需要看价签，样子全选简单宽松款，牵着个带轮的墨绿色超市购物篮，直接往里丢，像是秋收的耕人。回回去，回回都能大丰收。春，夏，秋，冬，皆有收获，好不快活。朋友们来了都纷纷讶异，表示要成立超市购衣旅行团，跟我一起去采购。半天下来，总是只有我又选到几件，大家都空手而归。回来的路上，非得念念叨叨："真是只有你了，自那些衣服里也选得中要买的。"我有时候在家晾晒衣服，看那些褂子、裤子、裙子们在阳光里舒展，会产生非常洒脱的想法。好光阴有限，但谁来定义哪些光阴才算作好光阴呢。这些衣服总能陪我从年轻气盛穿去垂垂老矣，既然有没有更改的部分，就都算是好光阴吧。

我真的喜欢旧式的老派生活，给我安全、踏实的包纳感。北京家中装修为了找那种最简单直接的旋钮式的烤箱，直叫人把仓库打开，才翻出来一台。接待我的小姐再三确认：价格是一样的喔，后期再更换起来就很麻烦了喔。也不喜欢声控灯，就喜欢自己"嗒"一声打开灯开关才亮起来的笨方式。形形色色新电器上的触摸电子屏也令我害怕，不喜欢不喜欢，统统不喜欢。喜欢纸质书，喜欢拿画笔在粗粗的纸上画画，喜欢老式相机，喜欢机械拨盘。再三抵抗，也还是被时代的洪流渐渐席卷。无人再用翻盖子的按钮手机，数字格式的音乐又方便又博听，什么音乐播放器早就被弃在无数黑暗的角落，没在厚厚的尘土之间了。于是，拥有这栋屋真是于滔滔洪流之间，突然出现的浮木。我紧紧抓住，深深呼吸，神清气爽。晚上睡觉，一盏灯一盏灯地关掉，如时光倒流。

　　小时候我也是怕鬼魂的，最远的厕所在大门口的位置。住的是一楼的宿舍楼，因为是一楼所以也有挺大的院子，后面随着住得时间长，加盖了一间我和姐姐的小卧室。后面又盖起了厨房，原本的客厅和小卧室之间的空白做了绿色的瓦楞顶子成了餐厅。院子越缩越小，那个时代的房子都是不够住的，顾不上可惜院子，多一间屋总是好的。后面又盖了放煤块的小砖圈，唯一没有拔掉的花就是一大株年年盛放的牡丹。于是，我的卧室和门口的厕所之间，有一条在当时小小的我看来漫长的通道。每次关厕所灯之前，都要深呼吸，做个热身，按了开关，在被黑暗和那些黑暗里由想象漫生的鬼魂捉去之前，以百米冲刺的速度跑回床上。总还要屏住呼吸几秒钟，因为那些鬼魅会在床边探查一番，看这孩子是否真的没有发现它们。我发现了，但当然不敢说，只能闭气假寐，往后的剧情还没想全，人就又重新睡过去了。

　　现在关灯也是一样，一盏一盏关掉，黑暗在身后浮现，向前推涌。再无害怕和恐惧，我常常会回头看看暗处，不可思议地生出一点企盼。连我自己都说不清楚是在企盼着什么，是企盼自黑暗之中听到洪流滚滚的浪声，还是那些不愿醒来的旧梦的梦中呓语。又或者是一个小小的女孩子，正在朝着与我相反的方向用力奔跑，我跟上去，看到她猴儿一样蹿上床，把被子一裹，露出小小的眼睛往外瞅着。少年人，也许我们正是我们自己的鬼魅，它们在成长的时间轴上偶有错乱，产生交互。你终将来到我这边，但我却永不再能回去你那里。

　　记得买下这栋屋的时候，第一次进来，还有一些奶奶的东西。

其中有一张相框，我久难忘怀。它是一个很朴素的相框，和这屋一样的干净气质。细细的木边，因为常常摩挲有了非常温柔的手感。相框里的照片，应是老奶奶年轻的样子。非常年轻，非常时髦。穿着玫红色的大垫肩的短款外套，黑色的裙子，一样也很短。还有皮质的手套，很美的妆容，艳红的唇，笑得非常明媚闪亮。她倚在一个什么人身旁，一只胳膊架在那人的肩膀上，头很夸张地歪着，卷卷的刘海儿斜着搁在额头上。额头饱满而高挺，非常光洁。好光阴啊，好光阴的气氛扑面而来。从照片上分不清她在何处，但是那自然生发出来的热闹气氛，即使什么外部环境的元素都没有展现，也一样感受得到。这张照片上的时髦女郎，不能只是用好看来形容，是耀眼的，很夺目。这是她的那一页人生，九十岁的她将房子卖于我，开始渐渐放生尘世种种，而二十岁又或者是三十岁的她留在这个热闹舒展的夜晚。

其实想起来矛盾，朋友们都视我为一个新新人类，最敢脱离轨道的是我，最勇于尝试的亦是我，从不回头看的还是我。谁能知道，真正的我竟如此惧怕新时代的到来。我思索良久，找到答案。这边还有海，沿路偶然能看到潜水俱乐部一样的小屋。我冲过浪，也喜欢坐在岸边看冲浪人。迎浪而上的心情或许是一样的，不能说不畏惧，但只有迎头而上才能消减恐惧罢了。

有时发梦，梦到迷宫，是没有固定答案的迷宫，每一个不同的分叉路都通往一个截然不同的场域。前房主奶奶是独身一人，无儿无女无伴侣。听起来凄凉吗？其实一点也不。我并不是在以己度人，暗自猜想。这房子的边边角角都在散发着天然的幸福。留给我的一些小而精致的茶杯，想象得出她的岁月时光中的某一天，用这些茶杯饮酒的样子。阳光比现在更好些，树叶沙沙响。

还有燃了一半的烛台中的蜡烛,我也留下来了。那个美丽底座的盘面上,有烛油滴下积攒而成的固体,是一个个点燃烛火的夜。我也会时不时点起来浪漫一些,这烛火不会有什么不同,旧时今日却是一样的,跳着一样的步伐,照亮心里同一块地方。

在我仍是一个妈妈的那段光阴,脑袋里常常不间断冒出复杂的想法。一时觉得幸福圆满,一时觉得空虚孤单。在客厅看一些忘记名字与情节的电影,身上是肉粉色细绒面的睡衣。我时不时站起来,走到卧室,蹑手蹑脚地把门打开,仿佛里面躺着不能吵醒的猛兽。当然不是,床上是小小的、粉嫩的、皱着眉头、攥着小小拳头的小人儿,头半秃着,毛发稀疏,也不够黑。开门的动作那么轻,她仿佛还是被吓到,发出好似将要醒来的喃喃婴语。我吓死,赶紧关门,把那个叫妈妈的分身揪住,按回这个叫自己的身体里。

而后面重新回到一个人的时候,脑子还是没有理清。仍然一时觉得悲恸绝望,一时觉得自由宽广。回到梦中的迷宫,这一段的路是人生轮盘上唯一的短途,它并不是死胡同,这就是终点,只是抵达终点之人常常浑然不觉察罢了。再没有通往其它地方的入口,但在此你当然可以逗留,无人驱赶。待你逗留够了就折返回来,去另外一条路。因为生命还长,门票仍然有效。每一个人的迷宫中也许都有一条短途之旅,选什么路都好,遇到终点,圆满与否,都请掉头。

沿海地区东暖夏凉,我买这栋屋多年,只见过一次下雪,雨倒是常见,夏季的某一段时间会落入长长的雨季。那是一年冬天,一觉醒来,拉开帘子,当下的一瞬间没有反应到下雪这件事。只觉得明亮，晃眼的明亮。停顿几秒才意识到下雪了，进而就是美。晚上下了一场不大不小的雪，不至于积出厚厚的雪毯，但也是一层薄薄的、在晨光中有宝石一般光辉的雪纱。我赶紧打开玻璃门冲出去，踩到那些雪里去。真的走进院子，会发现雪比看到的还要小些。在屋里看出来，一片白茫茫，走到其间，发现它们都是稀疏而单薄的。但完全不会影响高兴和惊喜的程度，下雪了！怎么回事呢，那么多天气形式，唯有下雪，总能让人快乐。

那时的雪总是很大，大到毫无节制，铺天盖地。早上天还没亮就要去学校教室里生炉子，因为我是今天的值日生。值日生有两个人，另外一个不与我家住的近，不能一起走。穿上毛衣毛裤、棉衣棉裤，再穿上校服的时候，校服变得像面包，鼓鼓囊囊。雪很厚，对我来说更厚。我的个头一直很矮，直到高中才真正长起个来。初中以前都是出名的小不点、小矮个。一班那个小不点儿，初二那个小不点儿，这样一路被冠名了整个童年。推门出去，每走一步都要把腿拔出来，继续走。出门前已经塞得很严实，也还是从裤腿与鞋子的边缝中漫进去一些雪，随着走路又化成雪水。但我没有怨气，因为实在太喜欢无人的学校。所有场所，事物的非常规面我都喜欢，觉得与众不同，是另外的面貌，令我兴奋。本来熙攘的校区空无一人，会生出无来由的好感。生炉子很容易，书包里塞着家里带来的报纸。一张一张团成纸团垫在下面，上面放细细的木柴条儿，点燃那些纸团，等到木柴条也都燃起来的时候，就可以加煤块了。很快教室就暖和起来，我趴在桌子上看了一圈。有两个窗子，窗台上摆了些空花盆，夏天的时候才会种上花。黑板是那种黑色的黑板，这样的话却不是废话，好像只有小时候的黑板才是黑色的。课桌是连在一起的双桌，桌面上斑斑驳驳，有刻痕有涂抹。往后转头，教室后方的黑板上是我画的板报，我总是画板报的那个人，不光班里，还有外面教室屋檐下的公共黑板。我很喜欢在外面画板报的感觉，实在是荣耀，能感到背后有一些人在围观，把腰板都挺了再挺。我常常觉得自己还坐在那间教室里，周身暖洋洋的。也常常在开车经过什么林荫道之时，突然注意到路边的白桦树，它像极了小学校园里的某一棵。

这是孩童时就有的本领，被储存在记忆最深处。每次在这栋屋里点壁炉的时候，都很想去哪儿找一些旧报纸就好了。有时看着那个更方便的助燃剂蓝色小块，于木柴之间燃着蓝黄色的火苗时，就禁不住想：还是旧报纸好，嗯。

那天骑车出门，看到一条没走过的小路，深望进去有一些美丽的树。没多想，一个拐弯就拐进去了。在这边经常这样，老派生活来偷走你时间的事情极少，也没有多余的交际。于是二十四小时都仿佛更长一些，自有一些时间和心情去绕个远路。结果骑了几圈就看到了禁止入内的木牌。牌子上还画了可爱的画，仿佛为不让人前行而感到万分抱歉，看着看着，那个牌子差点向我鞠了一躬。我掉头回去，上来的几圈是上坡，下去是陡陡的下坡，刚刚冲出路口，就有一辆白色的小厢货擦身而过。魂都被吓出去几米，捏了刹车之后愣在当地回不过神来。形容不出我距离那辆飞驰的小厢货的距离，甚至不足一指。我感觉到它已经挨到我了，却还没有近到产生太大的摩擦力，所以就是那样以贴合的状态滑过去了。

嗖一声。

初中时有一天，课堂中间被叫出去，说是家人出车祸，让我赶紧去医院。不知多少人体会过这种时刻，恐怖至极。想象力无边无际地漫延扩展，周身发抖。出车祸的人是我妈，逆行掉头的货车突然发动，将正常走路的我妈整个人铲起，再摔落在地。七七八八零零碎碎在路上听全了过程，心已经以无法抑制的节奏，大幅度地砰砰跳，快要跳出我的胸膛。所幸无大碍，因为一个巧合。她当时托人买了一双高跟鞋，鞋码不合适，穿着有些松，那天早上还在家里抱怨不合脚、很可惜等等。等那车撞上来的时候，她很轻松就脱下来，蜷住腿脚，变成一个球状，直接被铲起来。若是无法挣脱，整个人连鞋带人被轧进车轮底下就不堪设想。后面具体还有些什么插曲，我当真记不清楚。但我坚持要陪床，其实不应由一个孩子陪床，但无论医生护士或者是家人都拧不过我，于是那段时间在医院住了很久。每天放学去到医院，在医院的小桌子上写作业。再穿过充满消毒水味道的走廊去打热水，提的暖壶是医院特有的塑料暖壶，有红有绿，装着白色的盖子。

那条幽暗的医院走廊里，住着我的心魔，我在去打水的路上经常想哭。她隔日便能出院的那天，我在那打水的小房间里，听着热水往暖壶里灌发出来的吹口哨似的声响，看细长的热汽升腾起来，突然放声大哭。那是自以为无畏无惧的少年人第一次意识到，人生中有想拼命守护和不愿失去的东西之时的畏与惧。

由于这栋房子是木质结构，所以起风时，跟装了高级的环绕立体音响一样。风声呼啸，感觉风都变得具象了，它们又柔软又刚强，它们朝着这房子冲过来，然后再如海流一样分成几拨贴着墙壁极速前进。在经过所有的窗边和门边的时候，用力呐喊，把那号角一样的响声传进屋里来。我把手机贴在窗口录一段风声传给朋友，然后文字准备描绘一下此时风有多大多强。先收到了回复过来的信息:什么声音,这么好听?原本我并不觉得有多动听,反而觉得蕴藏危险,令人心跳。但闭上眼睛只是单纯去听这风声,果真是好听的。像温和的野兽在呜咽,这呜咽中没有愤怒,只有倾诉。

白日的时候,还有因为风太大,鸟儿失去平衡撞到门窗上的事情发生。我赶忙跑出去看有无事,只见她抖一抖翅膀就径自飞走了。入秋的时候,叶子都极美,金金红红,格外绚烂。这时节,如果起风了,就不免心痛,眼睁睁看着一捧一捧的金叶子从树上被风拖拽到空中,不断地盘旋打转,升空下落,最终飞落在地上。那树一日比一日秃,风终于停下来,那繁盛的秋日之景也被全数抹去。

我喜欢那种不徘徊的风,就是长长一阵风,向着一个方向涌去的那种。不盘旋,不周转。有时我们在旷野外,会遇到这种风。它把各种草木吹成一个方向,包括你的头发、你的裙摆、你的手臂、你的脚步。不自觉,人就顺着长风的方向移动,看似平缓,其实富有力量。在这样在的风里,云也会更改形状,变成条状的、丝状的,被风拉扯成长长的模样,在天空中流动起来。

十多年前了吧,去过一次音乐节,是夏季。我努力回忆,总觉得那时的男男女女都特别鲜活生动。音乐节上最不缺打扮另类、格外时髦的年轻人。我们随着听得清听不清的乐声和鼓点一起蹦跳,挥洒着各种各样的东西。汗水,青春,悲伤和并不深厚的往事。有一整片有些起伏坡度的大草坪,远远走过去的时候,更像一个低矮的草坡。夏日炎阳,我们带了一块布垫,是什么颜色的忘记了,但是很大。大到可以让同去的几个人都躺在上面。但是大家都没有躺,那时有许多不同的舞台,远远的听什么都是一团纠合。走近了,站在每一个舞台对应的观众的位置上,就能听到对向传来的音乐,虽然底下站着数以千计的人,你仍然会觉得是唱给自己一个人听的。大家都纷纷去占住喜欢舞台的观众位子,剩我一个人坐在那张大大的布垫上。我撑开了两把伞,一把黄色的黑波点短柄折叠伞,另一把忘记具体的图案形状了。非常完美地组成了一个遮挡阳光的顶篷,躺下来,躺在那处由两把小伞形成的阴凉里闭上眼睛听。犹记得,在当时那样年轻的我心里,生出过一种想法,此刻流逝便永不会再来。

周围人来人往,声音嘈杂,还有听不分明的各种音乐交替出现,声音忽大忽小。有笑声,好似还有哭声。有啤酒被打开"嘭"的夏日之声,还有闷闷的鼓声和更沉的贝斯声,仿佛给睡眠打了一个非常平稳的节奏。不知不觉竟就睡着了。醒过来的那一刻永远难忘,太阳西落,天色粉红,我的脖子上全是渍渍的汗水。阳光移动着,找到一个伞与伞之间的空挡,照在我的脸上。夕阳之光,亮而不晃。我产生一种游离感,一种不知今夕是何年的错乱感。晚风,青春里的夏日晚风,从我耳边拂过,是那么温柔、那么清凉。我推开两把伞,坐起来,主舞台坐着一个小小的人,看不清面目。但音乐清晰宁静,一字一句唱进耳中。我仍记得是什么歌,以至于后面的人生中,我一直都喜欢这首歌。《乌兰巴托的夜》,我在夕阳里,我在晚风中,坐起来,身上有着夏日的黏腻与烦躁,但我听到有人在唱——唱歌的人不许掉眼泪。

后面的人生,那快速到来而又年轻的人生里,经历的诸多坎坷是我从未想过的,谁又能在太平时刻想到兵荒马乱的未来。一程一程,风尘仆仆走到今天,我常常想起那个夏日傍晚的晚风。

有时候胡思乱想,假如有神灵想给我一些启示,令我在一切尚未发生、船帆还未张开的时候拥有一次选择的机会。可以给我托附一个梦境,就去那个音乐节草坪上的梦里吧。

在梦里,让我体会,感受,经历接下来的种种人生。光波流转,那医院的枯萎枝桠都似幻境一般绽出花朵。推门进卧室的时候,小小婴孩张开眼睛,露出笑颜。然后暴风骤雨席卷而来,狂风吹垮了我的森林小屋,夺走了那些与心脏相连的重要的东西。恶魔面目狰狞,扼住我的脖子。无边的黑暗从脚心的地底迅速上涌,没过脚腕,没过小腿,没过肩膀,没过口鼻,直到把整个灵魂淹没。轰然醒来,大汗淋漓,提前阅览了十年的人生,环顾四周,一切如常。年轻的男女们依然疯狂,头顶是遮阳的小伞,坐起来阳光一样美好,音乐仍然动听。应该怎么选?

恐怕总会辜负好意,走上同一段人生。不光因为每一个路口总有走上老路的理由,也因为那梦并不周全,不仅仅只有这些的,还有许多温柔细末。死亡背后的醒来,黑暗显出来的光明。那眉眼弯弯的护士对我说:"咱们这是好事。"好,这一个字实在单薄。好与坏论不出经历的值得与否。"咱们这是好事……咱们这是好事……咱们这是好事……"这句话自许多纷乱模糊的言语中,渐渐清晰,作为永恒的记忆留存在我的心间,作为那一段往事的墓志铭。

就如淋浴间里我静静注视的、快要隐隐不现的浅色疤痕,我希望它不必平复、不要消失。这屋子的浴室朝西北,所以下午时分,会有阳光自窗户走进来。这阳光从东方慢慢于整栋房子之上移动,走了一整天,傍晚走到这间小房。这是一间浅米白色的浴室,有大大的浴缸，窗户是无边的整两块玻璃，成一个直角包住房间的一角。顺着窗看出去，外面是绿色的草木和小林，春日还会有花，紫色黄色叫不出名字的小花，随风摇曳。早晨洗澡过后，有时候到了下午，浴室里仍有些微水珠，它们被阳光包裹之后，变得像一颗颗珠宝。地势比整个房子都要低一些，走进这间浴室是需要往下迈一步，于是，站进去的时候，会有种进入一个独立空间之感。

因为夕阳的缘故，原本是浅米白色的房间，变成了轻轻的粉色，感官再次打通。时间一致，都是傍晚。阳光类似，是黄昏的光亮。浴室里的果木香与草坪上的泥土芬芳都是淡淡的。旋转镜头，相机对焦，焦点时而糊时而清楚。在这样的明明暗暗的拉扯之间，传来那句在记忆里飘飘散散、打乱又拼凑而成的吟唱——做旧梦的人啊……不要，掉眼泪。

超市里买的黄色的小风扇

洗衣机转动发出微微的响声

风吹起窗帘的每一个下午

风吹进来

如果是开车出门,就会穿过密林

院子里的小花摘了插进花瓶里

还有原本奶奶留下的老风扇

阳光满满的日子里,从浴室望出去都是小野花

热汽氤氲的浴室

每一次回来都会给这栋屋拍一些照片

04

眼前还有一碗面，请您品尝

食物这件事，其实和修行根本是一样的。

我收到东京朋友寄来的一箱小甜橘和一大盒车厘子，这边水果昂贵，骑车出去买，无论什么水果，小小的塑料袋里装上两三个，可怜巴巴。更有甚者，单个售卖。记得小时候一到盛夏，就有大大后斗的货车载着西瓜，那卖瓜的人就站在绿油油的西瓜山中，走街串巷地卖。瓜也巨大，圆的似熊头，长的像巨型冬瓜，黑色的纹路清晰，瓜皮的绿也深邃。家里人排着队出去取西瓜，然后把床底都填满。那时看些一惊一乍的恐怖片，忍不住分神：我家床底可藏不了什么人，都是大西瓜。想吃了，用扫帚的把手挑一个滚出来，放进水池子里泡半个小时，刀一切就"咔嚓"一声裂成两半。红乎乎的瓤里一颗一颗大大的黑色瓜籽，放进嘴里可以嗑成两半的大小。真甜啊，那时的水果比如今的甜得多。这样一回想，再看那一小片一小片月牙形，被封进带着小提手的塑胶袋里的粉白色的小西瓜，真是心酸啊。于是，在这屋住着的时候，吃水果总是拮据的，倒也习惯了。回回来到这里，都把身体里的水果频道直接调整去小挡量。故而今天听到门铃声，开门，一个特别和气的戴帽子的小个子男人把两大筐水果放进玄关，忽地面对这么多，倒有点不知所措。

那一箱橘子我立刻搬去院中，盖上一块小棉布，就让微冷的院温成为天然的储存室。剩下的一盒车厘子，准备一鼓作气分几天吃完它。我埋头吃啊吃、吃啊吃，眼看着那颗颗饱满的紫色果子渐渐变得软皱起来，感觉不妙，若是坏了太可惜。能怎么办呢，唯有泡成果子酒或做成果酱。泡酒的话，需要出去买高度酒，另外还需要一个大罐子，不太方便。做果酱就简单得多，从厨房的抽屉里找出来一个小密封罐，白糖很多，冰箱里还有两颗准备调酒的柠檬，万事俱备。

自古至今，那些为了延长食物的生命，又或是可惜已然坏掉的食物，无意中发现的奇妙魔术，智慧的人们变出了形形色色的诸多食物。酱豆腐，米酒，蓝纹奶酪，纳豆……食物的疆界打开总离不开"珍惜"二字。我总是想象最嘴馋和心疼的一个旧人儿，趁着所有人不备，偷偷猛塞一口食物，咿，新世界亮起灯来。

说回做果酱，在这个过程里，我简直进入修行状态。首先是去核，小小的车厘子清洗干净，一个一个去核。这中间我一定曾经进入过某种游离状态，因为莫名少了一小段记忆一般。恍过神来，小山头一样的一堆车厘子都被剖开，核肉分离，菜板上留下紫红色的果子汁水。天色已暗。剖果子的时候，看着一道太阳的细线，在眼前走了一个钝角，然后在最后的窗边缘晃了几晃，就消失不见。做果酱要花的时间很长，先是白糖腌制，时不时就去看看那一小盆果肉，看洁白的糖粒一点点消融，渍进果肉之间。急不得，急不得。然后上锅煮，加了柠檬汁文火炖煮。需要搅拌，渐渐有小泡冒起来，接着是汁水被熬煮出来，然后是大泡，继续搅拌。我煮了整整一个小时左右，从固体的果肉粒到液体状的果肉汁水，再重新变浓稠，回到半固体的模样。色彩渐渐鲜亮，果味弥漫于整个房间。

我回头看窗外，早已是一片漆黑。关火之后，我去执行我的"入夜仪式"——即放下各种帘子。往日总是还未黑透就完成了，托果酱的福，这次真是暗得彻底。我忍不住拉开落地玻璃门，风以一种回旋的姿态进屋来卷了一趟，把我整个向外带了一把。我被这秋风吸引，往外走了两步，踩到草坪上。夏天，草木茁壮强韧，会有一些扎脚。快要入冬的草坪，仿佛卸下了许多武装和戒备，变得柔软，仿佛厚厚的毯，绵绵的。踩上去，感觉从脚底板开始生出细细的蔓芽，一点一点往地下、往周围扩散。是果酱带我领会了这一切，我暗下决心，得好好吃它。回到屋里，关上门窗，还得等果酱放凉，急不得，急不得。待到凉得差不多，盛进密封罐里，搁进冰箱。

第二天起床，满脑子什么想法都没有，全是"吃果酱"。当人有具体而又能即刻实现的愿望时，是最幸运的。奔去冰箱，把那一罐果酱取出来，对着阳光举起来，亮闪闪的，好看极了。想起昨天自下午至深夜的漫长料理时光，觉得这一罐紫水晶一般的吃食，就像虚无的冥想萃出了实体的宝珠。我选了白瓷的小圆盘，挖了一大勺置于上面，选了有温润白色手柄的果酱刀，专门坐在一束阳光里，抹在厚厚的面包上，放进嘴里的第一口郑重无比。就像一路西行把果酱取了真经的僧人，现在回首东方种种，离开殿堂，寻了一块最干净平缓简单的青色大石坐下，有种翻开经书的畅意感。若说生活里还有什么，比享受食物更有"道"气蕴含其间，我想不出。生死大事，亦得吃喝。得意失意，总会肚饿。这是身体宇宙赐给我们每个人的救赎机制，沉沦迷失都有这回俗事牵着你，令你不得脱离凡世。

童年的食物为什么总是更好吃些，除却时光滤镜，我想是因为限时限量的缘故。真正跟随着时令饮食，春天有春天的食物，冬日有冬日的菜色。如果想要倒转时间去随意吃喝，那是做不到的。只有咽口水想足一整年，待到季节轮盘转足一整圈才能尝得到。春末夏初的某一日放学后，家里人回来，举起手里的袋子："今天市场上有草莓了啊。"真是整个人可以原地起跳半米高。小盆子装了那些形状各异的大小草莓，一颗一颗洗干净，神圣极了。什么立夏、夏至统统不重要，每一年吃草莓的第一天，在小小的我心中，才真的是夏季的开始。如今草莓易买，个个美貌，味道总比不得小时候那一口。万事发达，人们习得太多作弊手段，骗过自然运行，变得"自由"。食物总可成为我的救赎，皆因我有我自己的固执。我总是随着时节去吃喝的，食材帮助浑浑噩噩入世之心厘清时间界限，一季一季都变得更加具体起来。

而且我喜欢不轻易丢掉任何一点食物。香菜入了菜，香菜根儿就切下来混合香油和盐巴拌成凉菜。鱼肉片成片烧煮，鱼骨就热油炸成酥酥脆脆的下酒菜。白萝卜的皮削下来也千万不要扔掉，切成小小的方片，拌起来可以让朋友们吃到停不下嘴。这样珍惜着香菜根儿、鱼骨头和萝卜皮等等，又怎能对其他一切视而不见？得以看到拥有之多，戾气就慢慢消散。不需要任何冥想时刻，小小的厨房就是我的冥想森林。

我实在爱玩在有限中找到无限可能这种游戏，快乐的厨师总是乐得在仅有的看起来完全不搭边的食材之间，创造可能的组合。这边的绿豆芽最便宜，于是买的频率最高。渐渐感到自己可以成为一个烹豆芽达人。薄薄的蒜片热油爆香了之后，炒成半熟不熟、又软又脆的程度，什么都不用加，只要加盐这一味调料就十足爽口。如果加了醋就是醋熘风味。加上韭菜段和红薯粉也美味。炒肉也可，我最喜欢的是炒腌制过后的猪肝，再加一点细细的红辣椒丝丝，吃的时候，必要三种同时夹起来，嘴巴里放起庆祝美味的烟花。还可以煮汤，用包饺子剩下的肉馅一起煮成肉碎豆芽汤，先把肉碎混合着蒜末炒出香味，加水煮开，把水灵灵的豆芽丢进去，简单调味撒上葱花，鲜甜爽口。拉开冰箱的储藏抽屉，有什么做什么就像拼图游戏。把风马牛不相及的食材在桌子上摆一摆，思索做点什么。有时候，我会自己笑起来，真有趣，好像侠客出征前在挑选称手武器一样认真，好了不起。

我曾看过一句诗，出自一位僧人——"蘸雪吃冬瓜，谁知滋味好"，表层意思一看便知，蘸着雪吃冬瓜，谁又能知道会有什么特别的好滋味呢。我最经不得这种突然遇见的灵感，大声读给朋友。对方十分警惕：又在想什么？还能想什么，自然是等一场雪来。那一年没能等来，第二年下雪的第一天，我拉开窗帘立刻就欢呼起来。谁像我一样幼稚，还记得吃冬瓜的事情。赶紧出门买冬瓜，切了片，加了丁点儿盐腌了一会儿，上锅蒸上几分钟。盛在小碗里，冲到院子里，蹲下来，把上面一层雪拂掉，拿冬瓜片蘸着雪花吃起来。事后，同谁也不敢言语，生怕被骂说——雪多脏啊，不能吃。我自然是知道的，如今空气污染、冰川融化的年代里，雪还是少吃为妙。但是，谁知滋味好，谁知，滋味好啊。我吃完那一小碗冬瓜，进到屋里来，手脚早就冻到僵僵木木，整个人趴俯在地板上。因为烧了地暖，整个地面热烘烘的，很快感受到僵硬的融化带来的一点点酥痒。再也收不住，开始放声大笑，真想告诉全世界滋味可真好，不是冬瓜的味道，亦不是雪花的味道。这是拥有雪与冬瓜的初雪之日可真好，还有奔出去吃雪的人也还过得去。

就是这个味儿。

每当产生这样的念头时，就觉得自己自昏睡中清醒了一刻钟。追溯过往，大家各有各的好本事。有的法子需大费周章，非得跨越千山万水才可抵达。饮食就不一样了，津津有味之间就触摸到一方秘境。朋友怀念家乡食物，嚷我做来。我看了图片，是带有些微汤汁的干拌面。正正经经坐下来采访了一番，吃起来偏什么味道，还有加什么辅菜，面是硬是软，汤是稀是厚，如上种种。又在心底偷笑，这是什么惊天大事，居然还这样仔仔细细钻研起来。做了一次，朋友吃得精光，抹抹嘴："是美味的，但味道不太一样，但也好吃。"我却不服，不行不行。后来终于去了一次西北，专程找了一间看起来地道的小店尝了一碗。是嘈杂热闹的早餐店，老板一个人包揽了所有事，烹饪是他，收钱是他，收拾桌子招呼客人也是他。我站在旁边盯着看，他以为我不知自己找座位来坐，笑着往后一指："自己找位置坐，等一会儿就好。"原来如此，不是葱，是青蒜，其他都对，就这个区别。回来再做一次，朋友只吃了一口，就双眼放光："唔！就是这个味儿！"我这才端起自己那一碗，用筷子挑起热乎乎的一大坨面条，吸溜一口，表面不动声色，内心暗暗得意。

入了烹饪之门（这自然是我自封的，甚至不知这世上到底有没有这样一道门）之后，便掌握沉心静气的一门武功。心情陷入旋涡之时，就专挑选些费时费力的东西来做。比如做饺子馅的时候，加入荸荠。无论什么馅料，加入了荸荠碎，都将增加一味清甜脆爽的口感。但荸荠实在难剥皮，形状扁扁，且不光滑、不规则。两端内陷，削的时候若不想浪费太多果肉就要非常仔细。削上十个，什么人间难事，统统忘得干净。削得光滑滑，雪白一颗颗，切成小小的丁碎，拌进饺子馅里去。饺子煮出来，吃的人常常突然发问："是什么东西，脆脆的，真好吃啊。"炒家常菜也是，如果心情好时，随便切一切就好。如果遇到什么难事正在踌躇，那土豆丝也要切得细细的，先切成极薄的片，再切成极细的丝。青红椒也一样，尽量切成规则漂亮的细条。要求这样精细，那切的整个过程自然心无旁骛，只能瞄准下刀的位置，和记住上一刀的手感。炒完了端上桌，一定会有朋友赞叹刀工。切得细了自然更加入味，炒出来就是比平时更富有鲜味。这样一口吃下去，那踌躇的事儿也找到一些解释思路。还能怎么做，就如切土豆丝一样，先把一个圆球切成片，再仔仔细细下刀化成丝，慢慢来吧。

我还喜欢看别人烧菜，同一道菜，不同的人做出来的样子皆有不同。我做鸡蛋汤喜欢把鸡蛋拌得匀匀的，等到汤煮得差不多了，直接倒进去，关火，用筷子快速搅拌打成碎碎的蛋絮。蛋的质感仍是嫩而清爽的，再撒一把切得细细的葱花，滴上几滴芝麻香油，喝下去的时候，觉得特别顺滑。而我南方的朋友也有别的做法，她喜欢宽油烧热之后把搅拌后的鸡蛋刺啦一碗倒下去，热油一刺激，鸡蛋迅猛膨胀，变成金黄色的云朵，也不着急炒碎，差不多成形之后再用锅铲铲开，加热水烧汤，加辅料青菜，调味。与我做的鸡蛋汤完全两种门派，油花的香还有熟鸡蛋的口感，都充满镬气。不是清爽那类，是香而扎实的滋味儿。

真有意思，不同的人，做着不同的菜，吃着不同的味道，过着不同的人生，夜里做着不同的梦，醒来面对不同的清晨。这是我喜欢的一点，没有对错，再次重复，这是我最喜欢的一点。每一样食材，随你怎么吃，想怎么吃便怎么吃，自由洒脱得很。土豆可以炒着吃，也可以切成块炖着吃，还可以切成片拌着吃，又或者碾成土豆泥浇上热热的稠汁。我还曾在好久之前的日子里，用烧柴火的壁炉烤来吃。那时不懂得要包上锡纸，眼睁睁看着它们被烧成黑黢黢的可疑家伙，用刀劈开来，还剩下内瓤那里的一小撮还是土豆样，用手指吹了又吹捏出来，撒一点盐塞进嘴里。刚刚消化完这可怜的一小口土豆，听到外面传来声音，推门迎头就是灿烂的烟花，那一年，我二十岁。

后来，这栋屋里也有壁炉，燃柴生火的时候，立刻与十九岁的脑电波产生共鸣，还等什么，赶紧烤土豆啊。这次有了经验，锡纸包了两层，扔进火苗最深处。后面渐渐将它们遗忘了，再想起来的时候还是好的。剥开锡纸，土豆熟得恰到好处，香香糯糯，慢慢边剥皮边蘸着盐吃完一整个。闭上眼睛，深蓝色的脑海之中，全是多年前的烟花璀璨。就是这个味儿。

出门逛的时候，碰到生栗子，买了一大包回来。一大半用来炖肉，一小半用来焖米饭。又是细功夫活儿，先把栗子挨个儿于顶上的外皮上切一个十字花刀，太阳底下晒个半天，加开水浸泡一个小时，才能一个一个剥出光滑滑的栗子肉来。超市里自然有已然剥好的果肉，但是除非赶时间，不然还是会自己做这件事。自找麻烦好似是我人生里无法抛掉的习惯，这世间一切都赶，什么都追求一个快。这样慢慢和食物相处相处，不像麻烦，更像享受。都市里到底都是需要花钱感受的疗愈花样，对我来说，剥栗子皮也是一样的，如果再听点喜欢的音乐就更完美。于是，"麻烦"本身成了我的解烦哲学。炖肉加进去的栗子吃起来咸香可口，栗子味淡了许多，因为基本统统交出去了，那甜甜的滋味全数转移到了软烂的肉上，肉因为有了栗子加入，带上了香甜的味道。而米饭里的栗子就不一样了，它还是栗子本身，黏糯甘甜。栗子焖饭样子不算很好看，但味道非常可口可爱，主食似乎都变成了甜品。

食物在我心中是没有贫富概念的。

我当然承认这世上自有昂贵的食材，因为珍稀，又或者因为种种其他附加原因。但我仍然觉得吃喝这个世界，或者说这个宇宙，对真正进入其中的人来说，是完全平等且带有温柔怜悯之心的。非要论出一个我心中的美食天才，又是一位古人，便是苏轼。跌宕起伏的人生之间，唯有追求美食这事儿最执着。贬至黄州的时候，人落低谷，生计都陷入困境，他就研究猪肉烹法，制作鱼羹。北宋食材，各种肉类之中，猪肉最无人问津，而鱼就更便宜了。于是有了《书煮鱼羹》，有了《食猪肉诗》。这可真是振奋人心。所以待我自己下了厨房，用便宜的新鲜食材烧出了大美味时，总是感觉也吹了一把黄州的风儿。

如今的菜市场里，冬瓜就像不要钱，加一点海米就是顶级美食。豆芽之前便提到，实在便宜，但是这么刚好，我是绿豆芽脑袋，恰好爱吃，真是神灵赐福。好牛肉自然容易料理得多，随便烧一烧就是美味。但便宜的肉对擅长灶间的人来说，根本没什么两样嘛，调味的总是在人。还有豆腐，单独一块都不好意思付钱的划算程度，厨房里翻出一根剩下的小葱，烫熟了加上热油、葱碎、细盐、一丁点儿麻油、一点白糖拌起来,让我住在东京的朋友魂牵梦绕,每次过来都点名要吃。有时做乱扯的疯梦,梦到世界末日僵尸乱跑,我在梦里翻出来一个大包准备把重要的东西装进去,然后奔赴逃命之路。但在梦里,人很迷糊,什么都想不起来。我苏醒过来,敲自己的头:笨啊,当然是装上打火机,和一口迷你小锅,最好再塞一包盐,再有一瓶油就更好了。这样,去往任何萧败的世界,都可以躲在疗伤的山洞里,给自己煮一餐热饭来吃。

我有一个很"彪悍鲁莽"的习惯,就是像婴儿一样,喜欢用味觉去感受世界。什么东西,如果感到好奇就喜欢舔一舔、尝一尝。卖菜就不用说了,超市自然是不选择,文明社会里自然得收敛一下。但若是去了菜市场,就是尝着来选食材(当然如果摊主允许的话)。选红色朝天椒都是咬一口来看辣不辣,小葱也是掐一小段嚼一嚼。许多食物是假食物,为何这样说,因为长着同样的模样却丧失了味道,像是没有灵魂的摆设。于是尝到了充满本味的食材就一定要买下来,管它用来怎么吃。其实许多蔬菜,生着吃都非常美味。人人都知道可以吃白菜的嫩心,其实白菜的帮也好吃,不似水果,比水果还清口。新鲜大白菜上的白色菜帮,水汪汪,美味极了。还有不算很辣的小青椒,直接洗干净,装在盘子里,再蘸上豆瓣酱,最是解油腻。有一次从菜市场里买回来豆苗,绿而嫩,拿指甲掐一下会直接迸出汁水。回来不舍得做熟再吃,干脆也生吃一次。那晚是吃海鲜火锅,煮好的海鲜上堆一小撮生豆苗,一起夹起来蘸了蒜泥料汁儿,一起送进口中。那本是主角的海鲜都快被抢走了风头,生生的豆苗可真好吃啊,口感也好,产生一种令人愉快的氛围。不光是食物,我尝过的东西类别繁多,雨啊雪啊,树叶子,漂亮的小花,海水,还有风,有一次坐在海边突然想风是有味道的吗?把嘴张得大而圆,迎着风站了一会儿,还没到晚上肚子就疼起来，可见，风是不能吃的。

做那些复杂麻烦的事务的时候，在放空呢，还是在思索？如果在思索，那又是在想什么呢？若说那些急救手术室里濒死的人们在被抢救回来之前，有过短暂的灵魂出窍，得以浮到半空中看一看自己。那有时，处理食材的时候，仿佛也会。一间小小的厨房，无数个身影不停堆叠，春夏秋冬之间，穿着围裙束着头发，手指甲都剪得短而干净，低着头。开心热闹，寂寞茫然，热气缭绕，抽油烟机的声音很大，盖过许多其他的声音，以至于从上往下观看的时候，听不清诸君台词。还有各种声响，油锅里嗞嗞的动静，煮汤汤水水时咕嘟咕嘟的节奏，食物器皿碰撞叮叮当当的悦耳音乐。

曾经住过一个小小的房子，里面有一个迷你厨房，是长条形的，有一扇同样迷你的窗户。年轻的熟人在里面做春饼，是不是自己根本看不清，她苍白瘦弱，应该不是我，哪里有过那样悲惨的背影，不不不。但那是一个万物复苏的春天。小小的客厅有一扇通向隔壁楼顶的窗户，挂着窗帘。窗帘是绿色的，上面有白桦树叶形状的刺绣，用了比布料更深一点的绿色，充满生机。从窗外看出去，是湛蓝的天空，春日才会有那种蓝色，仿佛混合了一些粉，是清淡又高远的蓝。再看回屋里，那年轻人真是狼狈，第一次和面，掌握不好水量，一时加多了就添面粉，面粉多了再加水，居然用完了整袋面粉，和出了一个巨型面团。突然之间，毫无道理，整个年轻的人生被这巨型面团击溃，蹲在地上号啕大哭。孤身一人，怎么用得尽这样硕大的面疙瘩。我想开口去安慰，却发现声音被无形的透明墙壁全数吸收殆尽，没有一句送得到她的耳边。原来如此，当我们操作着种种步骤时，思绪竟如此繁忙，可以走那么远的路，看那么久的故事，玄妙莫测。而且，好像还看得见未来，但不甚清楚，我眯住双眼拼命看，还好还好，仍还有好多站在厨房中的虚影，可见食物仍是重要的，大喘一口气放下心来。

我在这森林木屋的厨房里弄吃食的时候，也常常遇到有趣的瞬间。这间屋的厨房格外可爱，是半开放式的，并不大，但足够用。处理食材的时候，人会面对一扇窗子，窗上挂着白色的百叶窗。每天清晨我总是先打开这里的窗帘，然后走回客厅再回头看，就像一张自然的挂画。窗外全是植物，近近远远的。春天有花。夏天碧绿。秋日最美了，是红红黄黄的复杂调子。冬天萧条而纯净。我常常会在厨房里想起上一任的屋主奶奶。

刚刚买下这栋屋的时候，我准备给厨房里添置厨具。原本她也留下了一些，但要核对查看什么还缺。我就坐在岛台处细细列清单，写出一样就去翻找有没有，如果有就可以在白纸上划掉。怎么核对呢？非常有趣。我就站在厨房里，想象如果是我，又或者说猜测如果是她，会把这个工具放在何处呢？然后就去打开那个最顺手的抽屉，经常就真的看到它被好端端地摆在其中一个小格子里。每每猜对，就觉得快乐。这种交叠了时间空间的默契，令我在烹饪的时候，常常可以非常具体地想象出她曾经的模样。也是自这边取了盘碗，用长得差不多的锅铲把热腾腾的食物盛出来。然后抬头，看到一样的窗景，那些远远的植物长得很高很高，在天空中随风轻轻晃动，淡淡的一轮弯月渐渐显现。

我家经常招待心碎的朋友，心碎的缘由形形色色，但总归都是心碎了，心之茫茫跑来我家。我只有翻开冰箱，拿出菜啊肉啊，在厨房里一通收拾。端出两菜一汤，摆上筷子和碗碟。厨房里的五滋六味像隐形的大手，慢慢把破碎的心重新归拢在一起。管他惊涛骇浪,先吃饭再说。任人心碎到什么窒息地步,肚子饿了一样咕咕叫,什么体面都不会掖着。哭得上气不接下气的人们,听到自己的肚子鸣叫,也能被轻轻提点。于是,稀里糊涂一顿热饭塞进肠胃里,从里到外都被升温几度。于是话也说得明白了,思路也理得清楚了,双腿又恢复独立刚强。所以说,先吃饭再说,是我所领悟之最达观之人生道理,这并不是言过其实。

我当然也为心碎的自己做过食物,不是一顿两顿,是百顿千顿。特别寒冷的时候,我用白菜炖粉条,加比平时多一点的老抽,让颜色上得满满的,也用更多的油,让粉条都油亮油亮的。烦闷的时候,我做冷面,一大盆的冰块水里,热乎乎的面条丢进去,变得滑溜溜。想哭的时候,从厨房的最上层搁板上,抱下梅子酒的玻璃罐子。它泡足一整年,非常晶莹,酒汤是好看的红色,梅子咬一口也酒香满满。旧年五月酿的酒,恰好抚得了来年的伤心,可真是浪漫至极。

突然记忆恢复,那和了硕大面团的人真是我自己,是我,是我忘记了蹲地痛哭的心痛。最后自然还是把那大大的面团想法子消化了。一部分做成春饼,一部分做了手擀面,再多的直接包成饺子冻了起来。当时我有一个大大的蒸锅,大到与那狭窄的厨房不成正比。所以我把每一张春饼都擀得巨大无比,铺满了整个蒸屉。蒸好的时候,我去拿起锅盖,一团比面团还大的汽团从锅里冒出,热腾腾。饼蒸得很完美,虽然不似外面商店里卖的那样薄透,但是嚼起来更香更甜。食物带给人的力量完全不深奥,至浅,至直白,充满真理,又不讲道理。我看那些救助小动物的纪录片,无论是风雪中冻僵的小鹿,还是受了伤的小狼,只要还能卖力吸吮奶水,周围的人们全会松一口气。看来不光是人,动物也是这般,先吃饭再说，伤口会愈合，天地会打开。

　　食物里还有等待的智慧。秋天是吃柿子的时节，脆柿上市，买回家来专门找个细铁丝扭成的筐子放好。因为我是支持软柿的食客，没有别的法子，只有等着它变软。每天都去戳一戳，捏一捏。从感觉不到它的变化，到指尖开始慢慢体味到变化。但是不能着急，只是微软还远远不够。再等一阵子，终于有一天，去捏它的时候，感觉外皮都快被我戳破。这个时候，找一只小碗装上，把外皮剥开，拿小铁勺子挖着吃，像在吃秋日的限定冰激凌一般。还有做毛豆腐也是一样，用混合了毛霉菌粉的水淋一淋，就放好等长出雪白可爱的茸毛，这样再等上两天整，每一块豆腐都似小毛球一般。这样还不好吃，还得再等几日。接着放进煮好的料水里浸泡，渐渐随时间酝酿，就变成了好吃的腐乳。等待总是令美味更加难忘，等待的过程里，人得以从延时视角查看许多寻常事物的缓慢改变。夸张一点说，感觉那一小段人生都依附在这份等待里了一般，不可说不认真啊。

　　这栋木屋位置地处乡村，故而没有什么高级的店铺，但却有许多可爱的小店，各有各的菜单和烹饪风格。车站门口的小店里最好吃的是豆腐汤，上面漂着细碎的海菜，一清二白的但格外清爽。超市旁边的小路上有一家迷你店，店主是一个穿着年轻时髦的老头，他们家有一道油渍茄子，我可以一口气吃三份。盐味很淡，但非常香，香到茄子的滋味甚至有点不像茄子。早晨也可以出去吃，有一家非常不起眼的早餐店，离木屋有些远，骑车需要四十分钟才能到达，只有上午营业，专做早餐和咖啡。有一道西式料理，看起来非常简单。就是吐司面包片上堆上牛油果片，模样十分寡淡，再没有其他的食材组成。因为它排在推荐位，有一天就点来吃。

怀着并不强烈期待的心情端起来，咬了一大口。真是令人惊讶，不知道店主究竟使了什么魔法，用了什么作料来调和味道，与想的完全不同，也无法确切地形容，但实在称得上美味，回味无穷。

回到家来，总想复刻这三道菜，做来做去也做不出"就是这个味儿"的程度，可见每一个平凡的人们，凡是进了厨房就全部生出了江湖秘籍，这里多一点那处少一点，火候旺些还是弱些，都把一道菜的滋味引去千差万别。

茫茫雪原之中，一望无际，北风呼啸。夜归的赶路人步履蹒跚，身上头上落满了雪花，几乎要冻成雕像。眉头皱着，手也紧攥着，手背和指头早已被冻得通红。暗夜如渊，繁星满天。再仔细看看，似乎那人的衣摆还有隐隐血迹。背着沉重的行囊，压得几乎要喘不过气来。但脚步没停，还是一脚一脚地向前。前方有闪烁的灯火，是一间小屋，遥遥一望就特别柔情。窗户上都是雾气，烟囱里冒着炊烟。就在眼前，但实在有些走不动了，腿如灌了铅，背上的包裹也像山一般。索性就扔了去吧，总没有道理和这行囊一起死在这暴雪之间中。卸下重物之后，果然轻松了许多，风也似乎更大了一些，只有抬起手臂，边挡住被狂风席卷而来的雪粒，边闷头向前。

终于，来到屋前，轻轻叩门，门自动打开。眼睛起了雾，看不太清楚。但有人在厨房里走动，满屋子都是饭菜香。摸到一把椅子坐下来，椅子面是绒布的，非常温暖。桌子是粗粗的木头，也是暖的。那人从厨房端过来一个瓷碗，是一碗搁满食材的汤面。把手放到碗壁上，还是烫的。回头看向门外的雪夜，丢下的背囊早已被风卷走。不必回头，因为眼前还有一碗面，等你品尝。

在家附近的小居酒屋吃面

家里做了梅子茶泡饭

每天皆都好好吃饭

天冷了就吃个火锅

阳光洒进厨房

不同时分的厨房

下午的阳光格外耀眼

深蓝色的手握茶杯

烤红薯

从森林面包店里买回来的面包

煮车厘子果酱

去掉车厘子的核

一个人住的时候也认真做饭

晚餐和早餐

热气腾腾

果酱亮晶晶的

烤鱼籽

烧简单的快手菜

洗干净的杯碟在阳光里

夏日把水果泡在凉水里

在厨房里

05

骑着两轮车奔赴天涯

我从一家小店出来,那店真的很小,吧台有五个单人的座位,还有两张可以坐下四个人的方桌(但其实坐四个人也有些拥挤,三个人刚好合适),满打满算可以坐得下十几个人共同吃饭。就是这样小的一家店。我吃了一份烤得火候刚刚好的炸鸡和一碗面。炸鸡块的外表是脆而酥的,里面的鸡肉非常滑嫩,还有烫口的油汁。吃第一口的时候,就被溢出来的热油汁水烫了上颚。这个时候可真是想喝一杯冰爽的啤酒啊。坐在我旁边的是一对老年情侣,两个人的面前都摆着一大杯冰啤酒。是用粗把厚壁的啤酒杯子装了,上面以恰到好处的分量带有细腻丰富的啤酒沫。因为离得太近,还能看到啤酒液里慢慢升腾黄金小气泡,杯壁上因为温差结出了薄薄密密的水雾。啊,喝起来一定特别冰凉。我忍不住在吃饭的过程中不停地偷瞄,每次看到他们正在举杯,就咽一下口水。我不能喝酒,因为自行车还停在店门口。即使不骑自行车也一样,不能酒驾,我严格遵守。

终于吃完这一顿，我赶紧出门，夜里的温度稍有降低。我把领子裹紧一些，此时正穿着一件白色绒毛的连帽衫，脸贴上非常柔软暖和的布料，拉链是浅棕色的。我把拉链拉起来，快要到尽头的时候，把头夸张地抬高，总是怕被拉链夹到下巴。这样做的时候，得以看到满天繁星，距离到家要骑四十几分钟的上坡路，顶着一幕星空。

开始蹬车，我的自行车是电驱力自行车，所以踩起来非常轻松，但又不似电动车完全不需要人力。会有一种拥有了非凡力量的错觉，每踩一脚，都收获更多倍的反馈，嗖一声就能滑出去很远。从炸鸡小店开始要经过一片还算繁荣的商业区（说是商业区，自然也是针对静谧无人的乡村氛围而言），灯火还算明亮。然后过了一条小马路，自一个斜坡拐弯之后，就突然进入无人之境。路灯数量也减少了，相隔长长的一段距离，才有一盏，它们常常都很高大，类似月一样悬在远远的头顶，又不似月般耀眼，昏昏暗暗的仅能照亮底下的一小圈范围。我打开自行车自带的小车灯，发出温柔的黄色灯光，光线向前扩展张开，将眼前的路都映得非常清楚。

这熟悉的路，白日里，我骑了千趟万趟，何处应该拐弯、何处会有一棵大树都一清二楚。就这样一路骑着，突然面前出现了一个岔路口。我捏了刹车，百思不解：左边这条路怎么从未见过？是夜里一切都模糊了长相，还是我的记忆出现了差错。总之，我从未记得这里有一条向左的小路，而如今它就这么具体而真实地摆在那里。转了转车把，车灯向前打亮，是一条平平无奇的乡村小道，旁边是植物和可爱的小房子们，和其他的小路无甚区别。若是有朋友在，见我这样停下来，一定会慌张催促："快走快走，别停下来,怪吓人的。"但目前只有我自己,那自然是想做什么就做什么,略微踌躇,车把一拐,骑向那从未见过的崭新的小路。

这条路上,吹着极有触感的风。风像无数大手,抚摸梳理我的头发,又拂过我的外套。突然一只鸟儿自头顶低低地飞过去:"怎么会有人走到这里来?"我真的听到了这样一句话,还没来得及反应,它就消失不见。奇怪,我没有生出折返的念头,脚下一直向前蹬着。渐渐路灯的数量变得密集了起来,黑漆漆的世界渐渐灯火通明。陌生又熟悉的环境,突然多了许多我相熟的场景。明明一直向前,怎么绕回来了呢?又似乎哪里不对,我眯起眼睛仔细看。前方一栋屋的屋门打开,从里面走出几只熊,没错,当真是熊。勾肩搭背的,也是刚刚喝过啤酒的样子。其中一只手里还转着钥匙圈扣,哗啦哗啦叮啷叮啷。其中一只看到了我,撞撞另外一只熊的肩膀,所有的熊都看过来。我不由得屏住呼吸,但它们很快转头回归自己的话题。我低头看看自己,放在车把上的手变成毛茸茸的爪。这件米白色的外套突然就长在了我的身上,肚子微微突出来,原地蹦一下,它上下晃动富有弹性。真是有趣,身处这般荒唐的世界,我竟没有一丝意外,好像这才是最合理的状态一样。但脑子有点混沌,正在努力跟上感受。

还没反应过来,几辆自行车从我身边擦肩而过:"在发什么呆,快走啊。"是什么动物根本看不清楚,但我知道,都是动物们。

风也顺势推我一把,什么都来不及想,快快上车,跟着那疾驰的车队一路向前,往山上骑。骑到目的地,居然是一场舞会,光亮而热闹,熙熙攘攘。大大的草坪,小草都自带生命力,随风扭动。空中悬挂着交叉垂挂的走马灯串,看起来同人类商店里卖的长相一致，每一颗圆形的透明灯泡都在蓝黑色的夜空中形成一圈朦胧的光晕。音乐放得很大声，参加舞会的全是动物们，姿态各异，摇摇摆摆。

我这双长了毛的手脚不方便停车，还不怎么习惯，操作不了什么精细活儿，于是将它斜着倚靠一棵大树放倒。那大树居然也是活的，其实想想自然是这样子，小草都在扭动，大树更是张扬。它来回扭了几扭，仿佛有点不高兴，但所幸还是允许了我这样做。还好是我一个人，若是此刻有朋友，必然又是一通吱里哇啦，万一被识别出来可不太好。我心中已经有一个判断，那条多出来的小路，必然是通向异世界的路嘛。那一个踌躇的瞬间，必然是对上了某些月黑风高的条件，比如当几颗星星串连成线的时候，正好风向北吹等等，总之很凑巧地被我撞上。我一路飞驰，得以来到我心心念念的森林舞会。"我就知道，当真有这么一回事嘛。"满心皆是这样得意又庆幸的念头。鸟儿们制造旋风，卷起落叶一路向上旋转，再落回到地面。小鹿们全在跳舞，四脚同时离地，欢快地蹦跳，地面就像弹力网。松鼠们全在埋头吃东西，举着和个头不相符的大大的银盘。

还有卖酒的野猪，即使进入了非真实的世界，喝上一杯应该也是无所谓的吧。这样想着，我就伸手要了一杯，穿过野猪大叔的腋窝，竟看到一只猫。一看就知它是人类的宠物猫，脖子上挂着粉色的铃铛，毛发都光洁美丽——它是怎么进来的？几乎是同时，它也瞄到了我，一定也正在琢磨同样的问题。我举酒杯示意，把右手食指放到嘴边做出"嘘"的模样。它心领神会，却懒得同我交流，随便拿尾巴在身后晃了两下。大树又开始狂扭，我回头看，是那几头熊，看来是过来喝第二茬酒。晃动钥匙扣的家伙再次看到我,朝我猛力挥手。关系就是这样建立的,第二次相逢的时候就觉得已是故交。

说回这酒,是装在大树叶子圈成的尖角杯里,喝起来酣甜爽口,但是很快就变得晕头晕脑。我蹦上桌子开始跳舞,那不知从哪儿来的宠物猫嫌弃地撇撇嘴,走到另外一张桌去了。又有许多其他的动物跳上桌子,那倒酒的野猪大叔也开始晃,脚一跺一跺地打着节奏,小小的尾声也像风扇一样打着圈,好不可爱。

突然之间,音乐骤停,风也停下来,灯光一盏一盏熄灭,大家都四散归洞。风再起时,把我捧起来,还有我的自行车,颠颠簸簸地将我送至入口。接着那路也开始零星闪烁波动,两边的树木疯长,交织重叠,将它遮盖得严严实实,不再显现。

好吧,以上全是我的瞎掰,原谅我无法向大家传达每次骑着自行车走上一条新鲜未知的小路乱蹚之时的情绪,全数素描一般书写都不足以传递,唯有胡扯一些天方夜谭仿佛才是真正的准确。那晚的真实行程是这样的,回家的大方向总是那样,无论如何绕远路,走折返,最终能顺利到家。于是我从来不走熟悉的正经路线,就喜欢七扭八转地探索式前行。那晚骑到一个本就不常经过的路口,突然意识到,左边那一条好像从没走过,这还有什么好犹豫的,立刻一个急转弯就骑进去了。这条路坡度更陡,是一条上山的路,房子也少些,所以更暗。夜晚寂静,有什么动静都听得格外清楚,如果有车子自远方驶来那耳朵第一个知晓。于是放心大胆地蛇形前进,正好借由自行车头的小小车灯看一看概况。

真是突然之间,毫无防备地看到一双闪光的眼睛。任我胆子再大，也被吓了一跳，立刻捏起刹车。再仔细看，是一头小小的鹿，没有鹿角，脑袋上光滑浑圆，个头也小，像一只成年斑点狗一般体形。它应该也没想到这样的夜晚会遇到骑着自行车、哼着歌、似醉酒一样的女人。我们俩就这样双双愣在原地，四目相对，非常安静。每次见到突然出现的动物，我都会自然而然地憋气一小段时间，不知是怕吓到它们，还是怕显露了自己。就这样消磨了几分钟的时光，它先不耐烦，转身回到了丛林中。

真快乐，我继续骑车的路上心里满溢着兴奋——碰到了一头小鹿，可真是有些奇幻。其实在这里的山间小路上遇到鹿，又或是野猪、松鼠等等，并不奇怪。但夜里一个人披着星光，骑着自行车，探着一条新路，然后遇到了城市里永远不会得见的动物的兴奋仍是无与伦比的。待骑车到家的时候，邻居奶奶的猫正蹲在两家之间的空地上，带着粉色的脖圈与铃铛。我知道它的名字，唤了一声，它向来不理人的，立刻溜边跑走了。回到屋里，见到小鹿的兴奋还没有消散。于是从冰箱里取了一罐啤酒，找了纺锤纹式样的玻璃杯子，还丢了些冰块进去，慢慢倒酒，为了控制更完美的酒与沫的比例。然后喝下一大口，从头舒爽到脚底板。可真好啊，一个可以偶遇小鹿还喝上了冰啤酒的夜晚。

有了自行车之后，最大的愉悦就是活动半径变大许多。从前走路四十分钟的行程，骑车十分钟就好。这是对我来讲，最丰富的精神价值。购买它的过程也是非常波折，因为要去另外的小镇才能买到。于是拜托朋友驱车带我去买，汽车是这边特有的小小的方形家用车。如何腾挪空间，放倒座位都不足以搁下一辆完整的二轮车。于是买自行车的去程很兴奋，归来的路程很艰难。须得自己把它从一个地区骑回木屋所在的地区。正值盛夏，无比炎热的天气，还有隐隐的担忧，生怕还没有到家，电池的电量用尽，那可真是叫天不应呼地不灵，真正成了一场拉练。但也正是这个开端打开了骑自行车奔赴什么目的地的勇气场域，什么地方都敢一去。也有回程已经没电的情况发生，丧失了电量的电助力自行车，比原本就没有电池的普通自行车难骑数倍。因为自重很重，所以蹬起来相当费力。可见省力的人生要冒的风险竟比踏实洒汗的人生大上许多，抱歉抱歉，我无意于变成什么小事都提取生活哲学的卖弄人，实在是骑行的过程孤独而空闲，不由得脑袋自行运转，得出一些无用的结论。

我的木屋在山上，有时候出门能看到蓝色的一线海，会产生与海的距离很近的错觉。曾经走路去过，真是一个漫长的过程，"望山跑死马"就是这种道理了。我曾经步行去海边准备看夕阳，等走到之时，太阳早就钻进海里去了。海边没有任何灯光，漆黑一片的空间里响起澎湃的海浪拍岸的响动，宛若一场宏大的交响乐。人在这样的气氛里，往往会丧失表达的能力。但思想却会像决了堤似的，倾泻而出。明天，后天，未来的每一天，都可以更早地出门，走到这海边来。但今日的夕阳一去不返，时间无法回头，一个微小的人类能做的只有从目前的环境中，再次找寻到其他的锚点。

而有了自行车就不一样，第一趟行程就是骑去海边。一路下坡，迎风飞驰，意气风发。一路上遇见每一个人都想大声分享自己的愉悦。离太阳下山还早，就已经抵达海边。把自行车停好，海边风大，需要和风的方向顺着停，防止回来的时候，它被拦腰吹翻在地。然后人步行走到海边，日头还高悬，海浪都泛着银色的波光。这边的海并不平静，岸边全是青黑色的礁石，海浪会时小时大地冲击在石块上，激荡起巨大的水花。我最爱这样的海。

因为我从不觉得海是温和的，它就应当是愤怒的。就像人，一个鲜活的人生存于这个世界之中，就应当是愤怒的。

当然此时的愤怒并不是无力地嚣叫，是要保持敏感，保持怀疑，保持随时随地撕开屏障的勇气。这一处的海就充满这样的能量，它永无止境地冲过来，再退下去，周而复始，永不止息。我就站在高处，没敢下去礁石滩处，傍晚的潮水是危险的，有时会在极短的时间内快速涨潮，覆盖看似安全的任何一处落脚地。在我心里，所有美丽非凡的风光皆兼有残酷，可以吞噬一切。这仿佛是宇宙的真理，美丽的太空没有氧气，无尽深海也充满死亡。当我们接受这一切之时，也就顺带接受了理想的人生必有痛苦，平凡的日子也充满眼泪。

回程的路上，我不断地想，骑自行车怎么会如此令人愉快呢。后来，我想明白了，是因为感到自由。不似走路，过于累了，又缓慢，想去的很多地方去不成。也不像开车，又太快了，过路风光一晃即逝，看不清楚。停车也是件麻烦事，看到一株少见的花，但它长在拐角的路边，总需要往前开好远停下车才能走回来欣赏。所以多数时候就会作罢，不过一株花而已，太麻烦了。但骑自行车却是太不同了，想走即走，想停便停。要不要去哪里好像也只关乎魄力，反正只要肯出力，也能去远方。什么花儿草儿、云朵啊、果子啊也不会轻易错过了，一个刹车就能驻足。

而且比起开车，感官的体验也立体得多。有一回从超市出来，外面的世界滂沱大雨，雨滴不是雨滴，像水龙头里的水流，一条一条地浇灌在地面上。我在停二轮车的棚子里等了一会儿,雨也没有要停的架势。这时过来一个中年男人,他骑了摩托车,一脸从容地抱着从超市里买的东西走进来。开始慢条斯理整理。先把东西都塞进挂在车尾的两个包里,包是很厚的塑料油布做成的。接着从里面又拿出来防雨鞋套穿在脚上,再拿出一件戴帽子的雨衣,全数穿戴好之后。戴上头盔,甚至还略带抱歉地看我一眼,我只能装作不在意地大度回以微笑。然后他发动车子,一溜烟儿冲进大雨之中。原本等便是了,但眼看着别人这样顺滑出走,心里突然蠢蠢欲动起来——这样的大雨,有多久没有淋过了——真的好久。毛毛雨兴许还有过,此种倾盆大雨,文明胆小的社会成年人全身都是装备,早就把淋它的滋味丢到天涯海角了。最怕有了念头,念头这东西就像茁壮的嫩苗,呼呼发芽。再等到骑着车徜徉在雨中的时候,才觉得,这样才对嘛,早就应该淋一场大雨了,好不欢畅。

全身早就湿透了,衣服贴在身上,满脸都是雨水。裤子因为吸饱了雨,渐渐变沉,索性提到大腿上。我与花草树木一同被沐浴在这场雨中,空气里全是被雨带过来的泥土味。说什么泥土芳香,其实算不算得上香味不好说,但着实让人放松。中间经过一条小路的时候,远远看到迎面来了一辆小汽车,还没狭路相逢,它便停下了,往路边一拐给我让路的意思。我赶紧快骑几步,经过旁边看到驾驶位坐着一位老妇人,头发花白,穿着浅米色的开襟毛衫和背心,她朝我点头微笑,我边骑边挥了挥手。这场雨就像一场祝福一样,在周身扩散,令人体会到潮湿的幸福,它不曾吐露一言,跟我的自行车一样沉默不语,但它何等珍贵,让我充满被鼓励的心情:下起雨来,没有伞的人,也不要害怕。更何况在雨中除了清爽和自在,或许还有一点因为适当疯狂附带的解气与畅意，另有一点更狡猾机智，那就是哭了都不愧疚，因为谁分得出雨水抑或是泪水。所以如果突然乌云盖顶，快要落雨，也许正是放肆哭泣的绝好机会。

我的自行车老师，我常常看着它，生出这样的想法。说是老师，毫不夸张。我自一圈一圈地蹬脚踏板之间，生出太多感慨。遇到崎岖不平的烂路，就要放一点车胎气，不然一定颠簸到怀疑人生。但放掉那么一点点，回弹就变得柔软。有意思吧，越是坎坷，越要泄掉一些力量，四两拨千斤，像太极一样与那些碎石缠绕，好过硬邦邦地厮杀。

这自行车还自带三个挡位，一挡力最轻但功率最小，踩起来轻轻松松，但要如蜂鸟振翅一样快速倒腾双腿，才能前行。三挡最重但成果显著，用力踩上一脚，飞奔出去老远。骑平路的时候自然要用三挡，不紧不慢却能飞驰，看起来得心应手。但遇到了大上坡，三挡就不好使了，若是不服偏想挑战一下，很容易被卡在斜坡中央，摔倒在地。你们看，并不是我故作深沉，这如何不得出一点生动的哲理。如果此时你正感到沉重，没关系，说明迈出这一步，必将到更远的地方。而当你实在无力之时，就换个挡位好了，虽慢一点又能如何呢，总会抵达，不在分秒。

有时骑着自行车，我会产生特别嚣张的念头：我能骑着它去浪迹天涯，无处不可去，无处不可达。自从有了它，我从不怕在这里走错路，反正绕一绕还是能回得来。再如那夜一样遇到一头小鹿之类的，更是惊喜连连。我是尤其喜欢骑车爬坡的人，虽说骑着电助力自行车这样讲，有点太过轻松的嫌疑，但论起平路或者是下坡路段，我真的更爱上坡路。那种节奏全数由自己把握的感觉，令人着迷。想快一点就努力蹬上几圈，想慢慢走更是自然而然。

朋友每次骑车跟在我的身后，一起上坡的时候，总会问我："你是不是特别轻松？""当然不是啦，很累的。""但是你的背影看起来好轻松啊。""是吗？"她见跟我讲不明白，索性在下一回的时候拍了一段视频给我看。我拿过来看的时候，十分惊讶，真如她说的一样。那背影未免也太怡然自得了，感觉那坡段不是我骑上去的，简直是不劳而获被车子本身托上去。我仔细回想，真实情况并不是这样，有的陡坡真的是咬紧了牙关冲上去的。臆想中的自己当时一定是狼狈的，谁想得到，看起来这样松散。

我曾去爬过一次雪山，海拔很高，从半夜开始攀爬，一路爬到早晨才能登顶，再走到中午方能下山。当然这是正常流程里的时间表，我并没有爬上去。差不多爬了四个小时之后，就宣告放弃。山上太冷，越走越冷，寒风刺骨。山路上毫无光亮，只有头灯出来的一点点有限的亮。呼吸困难，腿如灌铅，看得到意志力如沙山，被来自山顶的风一层一层吹剥殆尽。我同向导说："我是不行了，不如我们下山吧。"他很意外："我感觉你行啊，你看起来状态很好啊，肯定没问题。"后来我们还是下山了，即使未能登顶也走了将近三个小时才回到大本营，真是走得我恨不能当场俯在地上吐出一口鲜血。

往后的日子，我常常回忆那趟登山之旅，在我快要体力与精神全将崩溃的边缘，为何仍然看起来不错。得出结论，我可能长了一种"看起来轻松"的面貌吧。所以真不应去对照任何人的灿烂人生，更不必过分羡慕与自惭形秽，兴许所有幸福的人都拥有

"看起来轻松"的一张脸。任何人自有属于自己的血泪，消化得了就成就轻松，消化不了也不过就是下山罢了。

又开始胡说八道了，我骑车之时，常常进入静止时空。便是在路上走着，风吹叶摇，鸟儿鸣叫，格外惬意之时。突然一切静止，无风，无声响，无人，无过路的车辆，更没有多一个骑自行车的人。连骑车本身会产生的链条转动、轮胎压住地面的声音也听不到。绝对的安静，不止一次，我感觉过很多次。第一次遇到的时候，我不断将耳朵上面的小软骨揉搓按压到里面，以为是什么自然原理将它堵住，令我听不见声音。但这样的时段特别短，总是还没深想，大自然的嘈杂就重新扑面而来。所以究竟是不是我的臆想，未可知，是来自内心世界的流动时刻也没准儿。摸到获得心流的暗门，原来竟是专心致志做一件事儿，直至忘却自己正在这样做着的时候。武侠世界里的剑客总是追求一个人剑合一的境界。骑自行车好像也给我找到了人车合一的法子。又听说长跑也有这样的功能，我还没能摸到，所以不敢乱说。但这样的特异功能并没有为我的人生带来什么额外的奖励，因为无用而平凡，但平凡又珍贵。平凡与珍贵，原本就是传达同样情感的词汇吧，至少对我来讲。

骑着两轮车一起去流浪吧——这世上若有人向你发出这样的邀请，第一反应一定觉得此人疯了。但我真诚地向所有的人发出邀请，骑着两轮车去流浪吧。由于电量的限制，我骑着它去过海边，也去过山顶，还有别的地区，再远就没有了。一切都以电量为极限，发现快要走到一半的电量了就赶紧掉头，这样就可以在电量耗尽之前回到家中。但这只是现实中的距离而已，在骑车的过程中，我的灵魂早就去过更远的地方了。去过森林深处，去过空荡的纯白世界,去过尽头,也去过渊底。

我甚至在骑车的过程中,会去幻想人生的不同走向,任由思绪延伸,看会生长出一个怎么样的人生。"怎样的人生才算是好人生呢?"如果有人这样问我,事实我也真的经常被问到这样的问题。我真的讲不出任何标准的答案。就像什么样的红烧肉才是最好的红烧肉呢,什么样的落日才是最美的落日呢,统统都是没有答案的问题。没有答案的问题总是多过拥有正确答案的问题,而且比例悬殊。但每次在自行车上卖力蹬爬坡的时候,我短暂地发自内心地觉得:此时的人生就不错,想去哪儿就去哪儿的自由和汗流浃背的疲倦同时出现的时候,就是蛮不错的人生。

这几年,我试图写一部小说,计划里主角的人生跨越了很长的时间轴线。从年轻至老迈,开头了好几次,回回都写到四万字左右被卡住。因为我发现无论写了什么样的故事,总是不知不觉导去同一个路径。但我又十分希望我的主角可以逃脱那条人生,于是就会推翻重来。写写停停,停停写写,花费了很长时间。甚至于读者正在阅读的这一本,正是在那段人生故事里卡壳的时候,用来释放种种复杂的回味与感慨的。谁知,想写的并没有写完,沿路随意播撒的种子倒是提前结出了果实。渐渐,我倒不觉得受折磨了,感觉自己的一部分人生也随着书写这件事,投射进了文字里。那些扔了可惜,又必须清理的种种,都有了容身之处的感觉。生活诸事,只要投入其中,都有附加效果。书写的同时消解了迷路的困惑。骑车的同时扩展了未知的魅力,也是一样的。

还没有介绍我的自行车,这是带我去看落日的伙伴。它是一辆款式十分老派的单杠女式车,是米色和黑色两种颜色组合的搭配。银色的车盖，银色的轴条，黑色的皮质车座非常厚实。原本的车子配有一个椭圆形状的黑色塑料车前筐，后来因为总是骑着它去买菜，想买的东西又多，又单独买了一个方形的、体积更大的后座车筐回来。自己拿简单的工具，把它装好，遂骑着去购物。故意拿了许多重量轻而体积大的生活用品，类似卷纸之类的东西。把它们塞进后座车筐的时候，颇有些得意。因为独自回到这栋屋的时候，几乎每一次出行都有它的陪伴，感情日渐深厚。

有一次台风，下起暴雨，因住着木屋，所以雨声巨大，我突然在这震耳欲聋的敲击乐里想起我的自行车。从柜子取了早已买好的自行车雨衣，冲到屋外，披上之后又用雨衣自带的绑带固定住，才返回屋里。雨整整一下了一夜，第二天清晨起床，我出去看它，因为雨衣太薄、雨水太猛，那雨衣被雨水积压向下兜成一个口袋，陷进车筐里盛了满满一筐的雨水。一时之间，我竟然无处下手将那些雨水弄出来，只能慢慢倾斜车身，希望雨水慢慢流出来。谁料我实在低估了水的重量，那车子突然倾翻，里面的一筐雨水哗啦溅涌出来，将我全身打湿。或许是在怪我不在这样滂沱的雨夜把它一起推进房间里避雨吧。于是，自从那回之后，眼看要下雨，就一定把它收进玄关里来。

骑车的时候什么都可以想，因为比走路快，所以油然产生的不喜欢的念头可以随时丢下，它必追不上你的车轮。于是我允许它们乱飞，乱长。那些曾经涌现的嫉妒，少年时期突然感到的性欲，为了虚妄的成功而滋生的快乐，因失去而得到的痛苦，因得到而失去的惆怅，想要灭亡的丧气和感到幸福的流光，讨厌过的某个人或某些人，喜欢过的某个人或者某些人，终一生而追逐的所谓意义等等。我总在骑车的时候，允许它们产生，大概因为骑自行车的时候，总是有风自周身向后吹着，所以坦荡又安心。

有时候会想，如果更早一些意识到骑自行车的快意就好了。那么，在人生许多拥挤堵车又无力步行的时刻，可以踩上我的两轮车更快一点逃离旋涡。但必然是不可能的，若没有那些无尽的疲累和温柔的磋磨，纵使骑上了自行车，也未必吹得到如意的春风。当然我如此喜欢骑车，自然不仅仅局限于电助力，也会骑公路车当作爱好。专业骑行里有一个装备，叫作锁鞋。穿上它，等于把自己的脚同自行车的脚蹬连接在一起，鞋底设计了卡扣一样的纹路，可以稳稳卡住。听教练级别的骑友介绍，穿上了锁鞋，在骑行之时，可以省掉足足 30% 的力气。换句话，就是得到 30% 的多余助力。即使如此，第一次穿锁鞋，是需要一些心理建设的。因为一旦穿上锁鞋，那身体和这辆车自成一派融为一体。不小心压到石块，倾翻之时，如果没有经验，很容易拔不出脚，连车带人共同摔地。轻松总是伴随危险，非常像大自然里的丛林法则。我好像更喜欢慢悠悠地骑着电助力自行车，于乡间小路上晃悠，听起来着实有些没出息。回回骑着我的木屋小车，速度往往恰到好处，故而对上了一个电波频道，总是听到风儿在耳边吟诵。它不断地说着，骑车的人啊，你可以去往任何地方。

我自看完落日的海边走回停车场，海浪声还有余音，脖子里灌满了大洋深处传来的凉意。我的小小自行车，就那样停在最后的余晖之间。原本停在它旁边的几辆车都已被人取走，空荡而安静的停车场里，只停着这一辆小小的自行车。我慢慢走向它，它也慢慢靠近我。这一时，这一刻，没有任何人，只有我们。看到它的存在教人安心，觉得启程回家真是一件值得享受的小事。它带我来看了大美日落，还能带我归家。但这样说似乎是不对的，好像反过来说一句是我带它归家也是合理的吧。想起一个哲理小故事：有一个人遇到海难，向上帝祈祷救命。这时一艘船经过，他拒绝了船上人的帮助，坚称已向上帝求助，自有神灵来相救。于是船开走了，不一会儿又驶来一艘，这傻瓜一样的可怜人又用同样的理由拒绝。这样兜兜转转三辆船经过之后，再无船来。这人终于淹死，死后见到上帝，竟然委屈起来，质问自己如此虔诚，为何得不到上帝的救助。上帝也是无奈：我早就派过三艘船去搭救过你了啊。嘀，原来人人濒死之际，都曾来过援船，你是否看见。人生跟涨潮的海岸实在雷同，时时被水流冲淹，但也总会退潮。涨潮来临之际总会期盼生门，却真的有可能忘记，有一些脱困之路早就出现，只要看见它就好。而这空空荡荡停车场里的小自行车，让我毫无来由地想到这个故事。仿佛这辆自行车就是神灵的援手，当你陷入桎梏，只要骑上它就能奔赴天涯。

前路漫长，总有看似翻不过去的大山。不要多想，快快换挡，远远看上去的陡坡待到真的骑上去的时候，跟平路也没什么区别。

没错，就是，这么简单。

去买自行车的时候

回家之后正式打招呼，以后都要多多关照了

骑车出门

第二辆新成员是深蓝色的

骑车追风

骑车出门的路，一路向海

骑车去大室山

经过这样一条条林间小道

走啊，快跟上

骑车出门的时候都很开心

06

葬礼旅行团

那是一个美丽的傍晚,我正在一个车站等着,手里空空。

不知在等什么车,也忘记自己是如何走来这座车站的了。过往的都是老式蒸汽火车,灰黑色的烟雾被夕阳穿透,染成浓郁的红。无风无息,无波无澜。一辆车自远处驶来,看得隐隐约约,于前车的浓雾之中,慢慢驶来。我顿时知道,这便是我要等的那一列。没有为什么,就是知道而已。它缓缓停下来,车身上有娟秀可爱的小字——葬礼旅行团。我上了车,车上坐满人,大家或是开心或是悲痛,心情各异。一个女孩问我:"你是怎么拿到车票的?"我其实是不知道的,但不晓得怎么回事嘴巴里却直接回应:"可能因为我女儿的死亡吧。""这样啊,好吧。我是因为小猫,它是一只雪白的小东西,是并不高级的流浪猫,头上还有一块小小的斑点。"她边说,边用手比画了一个小方块的形状,摆在额头上演示给我看。

外面的风景很好，变幻丰富。一时是雪天，一时是晴朗，仿佛根本不受时间季节的限制。"从第一次直面死亡开始，我们就会渐渐与更多的死亡相逢，你知道吧？"她又问我。我点点头："所以才是葬礼旅行团啊……真是悲伤。""还好啦，我们也会死的嘛。"她没看我，看着场外的风景，头发被别到耳后，我这才发现她耳朵上戴着一个精致的小小耳钉，是一只小白猫的形状，似曾相识。"我们又不去往同一个终点站，为什么会在同一辆车上呢？"我问她。"谁知道呢，命运这家伙你知道吧，它总有它的办法，或者经过一个山洞我们就分开了，又或者之后还有换乘站吧，谁知道呢？"她又认真又不羁地说。

对，谁知道呢。我掏出纸笔，这样平缓的列车上，写封遗书再好不过。我刚落笔，那女孩子又凑过来了："为什么要写遗书啊？""写着玩的。"终于轮到我漫不经心，再不是刚刚上车的新手。

我是一个很爱写遗书的人，每一年的开始，都会写一封新的。爱写自然是希望当一个人在真实的世界烟消云散之前，还能为自己讲出最后的悼词。当然因为人是会变的，最后想说的话也会变。虽然每次写之前我都提醒自己：当别人能够读到之时，你已经死了。所以根本不需要去理会任何人，无论是相熟的人或者陌生的人看到这些文字之后的评论或者解读。但可惜我仍然活着，活着就会很容易堕入一些莫名其妙的幻想，因为人的思想最是不羁，才不管什么道理或者规则，总是自顾自地穿行在那些不为人知的黑暗之中。写遗书，真是一个绝佳的冥想过程。

有时得到一篇可爱的短文，禁不住在家里大声诵读，读着读着就开始幻想在自己的葬礼上，是由本人来宣讲遗言多好。我便可以更好地控制节奏，这一句应该用什么语气，那一句又其实是开玩笑的，我自己十分清楚。好了，大家可以哭了。哭得差不多又可以笑了，诸如此类，像一个交响乐团的指挥一样，去抚顺那些黑色的情绪。还有一个结论，我发现人在书写遗书的时候，常常结尾会落在一个相当不正经的小事。恍然大悟，也许真正的终点就是这样，一点也不宏大，没有任何结局的气质。

生命的尽头，就是渐渐杳无音信。

我有时候不确定，是否这世上所有的人都曾感受到死亡的诱惑，对，没错，诱惑。不是恐惧，不是害怕，不是尽量想要远离，而是某种诱惑。那种未知而持久的状态，有时充满一种庞大的吸引力。很漫长的一段旧时光中，我常常思索死亡这件事。看到绝佳的风景，会想：死在这儿倒是蛮不错的。听到什么悦耳的音乐，也留心着：这一首用在葬礼上也很合适。那段日子，严格来说，再回首需要一种恒定的耐力，还得有一些自我撕裂的决心。黑夜的到来总是令人慌张，仿佛被抽走了睡眠的能力，眼皮沉重而酸痛，但脑袋却执意不肯接收任何睡眠的指令。

就那样活生生地醒着。

对深陷这种难题的人来说，死亡从来都不是厄运，它更像一种无形的怀抱。那双令人迷乱的触手，不间歇地挥动，伴随着低声的呓语：来吧，来吧，来这虚无的拥抱之中，睡一觉。我几乎都已经向它迈步，或者说，曾经真切地走到过它的面前。它是一束耀眼的光，是一张柔软的床。

葬礼旅行团

突然意识到，只有我抵挡住了来自死亡的诱惑，才能得到那列火车的车票，原来如此。

坐在这列车之上，往窗外看，窥见一些过往片段。

屏幕上显示了名字，我已经等了太久，因为病房里人太多，不管是安慰还是同情或是祈祷都让我感到烦躁。于是早早地就坐在了另外一栋楼的蓝色塑料座椅上。看到名字我起身上前，拿到了那张薄薄的报告单。上面尽是些看不懂的医学术语和陌生的名词。一边准备走出这栋楼，一边开始用手机搜索那些复杂的词汇。每跳出来一个页面，都如一记重锤猛力挥过来。我从来不是自欺欺人的高手，逐渐就失去了控制双腿的力气。走到一楼的大厅处，人来人往。医院真是悲剧的舞台，所有的人几乎都是忧愁而易怒的，大家皆像游魂一样穿行。很想抓住一个人，确认这是否只是一场梦。周围的一切都快速地转动起来，就像游乐场里旋转的茶杯，无论是自转还是公转都不再受我的把握。门在哪，路在哪，统统不可见。因为速度太快，因为杂音太多。感受到胃在抽搐，直接呕吐了出来。距离女儿的离世过去了太多年，其实许多感受早已淡忘，但那个旋转的空间，和那种如旋涡一样的黑色能量，纵使我非常想遗忘，却总是清晰具体地扎根在了身体最深处的位置。它总在不恰当的时候突然膨胀，它永远都不会消失，确凿无疑。

列车再次进入一个站点，上来一些人。我怀疑这列车穿梭的地方都是没有黑夜之地，因为刚才的霞光瞬息转变成轻薄的晨光。外面有点冷，我渐渐理解我在哪儿。当我们打通与死亡之间的壁垒，或者说当我真正看见它，并思索它的时候，手里自然就生长出一张车票，自此之后，死也不再是讳莫如深的生词。在逐渐衰老的过程里，与其被飓风裹挟，倒不妨主动上车。"你不下车看看吗？"那女孩又问我。我摇摇头，因为此时心里沉入回忆深海。

有时堵车，令人烦躁，抬头看路，前面是几溜长长的车尾灯串，红得刺眼。行人匆匆，时不时有不耐烦的鸣笛出现。突然道路扭曲，光波舞动，如逃不出执念的游魂一样被向后压进汽车座椅之间。再醒过神，就回到那个冰冷的傍晚。也是一样的堵车，我发了疯一样地按喇叭，腿上放着那张报告单。车流一动不动，全世界都在作对，没有地方可去。但我也悉数接受了，人生在世，除非无聊透顶，哪有人不曾携带一些噩梦。

那场黑色的梦魇之中最恐怖之处在于，你将眼睁睁看着新生被吞噬。那种已知结局却还无法结束的经历，就像从千层厦顶一跃而下。持久而令人绝望的滞空期，放大了所有细小的气味。那是一种什么东西在渐渐腐败的气味，潮湿的，血腥的。还有一些腐蚀一般的细泡，是一部分人正在被消解的恐惧。那段日子里，毫无疑问，死是最好的解脱。如果肉体消亡，便再也不必承受这些残暴的攻击。于是，盼望着赶紧坠地，粉身碎骨都是好的。新的人生会顶上来，取代了破旧的人生，我不愿这样想，但被彻底而绝对地遗忘，终将是每一个死去之人的归宿。如果那个死去的人是我，我宁愿这个现实世界在当下的一秒钟之内就将我遗忘。

那时每日抱着生病的女儿来往于各大医院之间，为了一些微弱的希望四处奔走，见到太多被苦渍透的人们。诊室外面的情形总是类似的，大人们面如死灰，病童们萎靡不振。但有这样一个小男孩，从长长走廊的一头举着一架轻巧的飞机模型奔跑到另一端，边跑边笑。他看起来实在充满令人困惑的健康和活力。他跑几趟累了，就冲到父母的身边讨水喝。那位母亲就打开旁边的卡通水壶，上面画着一头歪着头的小黑熊，穿着背带裤和条纹上衣。那孩子咕嘟咕嘟喝饱水，盖子也不盖，继续奔跑起来。那孩子的母亲看起来令人心碎，头发潦草束成一个低矮的马尾，面色土黄，手都是抖的，拧水壶盖子的时候滑脱，那盖子骨碌碌转到我的脚边。我想当时的我让旁人看起来，同她应是差不多的，疲倦，无望而灰暗。但那活泼强壮的小男孩实在令我忍不住发问："他怎么了？"说着，把盖子抖了抖递给她。她苦笑一下，嘴角牵动的幅度很小，仿佛这就是她的全部力气可以做到的地步了，嘴里轻轻吐出一个疾病的名字。我从没听过，也同样没有什么气力再多聊。于是各自低下头等待。

那一夜，我在厕所的镜子前泪如决堤，一条生命慢慢凋零的声音吵到我睡不着，马上就将击溃我。手机放在水池子边缘，上面是我刚刚网络搜索的结果。那个男孩子，一直蹦跳着的、漂亮而伶俐的男孩子的病像一个可怕的咒语。那是一种会渐渐倒退显示病症的疾病，从健健康康，到无法走路，到失去思维，到失去生命，且，无术可医。这世上的苦真是苦，苦到令人愤怒，令人想要不管不顾与这世界搏命。跟这深不见底的苦比起来，单纯的死亡又有什么可怕。

不知那孩子的父母是否也从泥沼中爬出来了，是否也在这辆车上。

原本以为死亡带给我的震慑永不会消退，但没想到，未来的人生之途中，令我接受死亡的，正是死亡本身。成年之后最诡异独特的经历就是，人将渐渐开始出席一些葬礼，好像失去成了真正绕不过去的课题。年轻无知的我从来不知道，死亡的时间大门一旦开启，便不再躲闪。它就像生命刻度上的某条长线，每隔一段就会标记一次，直到这条生命的长尺也有了尽头。

前几年的某一天，我人在火葬场。抬起头看，对面是灰色的不高不矮的围墙，墙里烟雾弥漫，充满一种比安静更安静的嘈杂。墙外只能看得到被拦腰截断的一整块天空，云像被飓风吹散的白色流沙，有些突兀地挂在蓝到不太自然的蓝色巨幕之中。如果是在其他地方抬头看，大约多少会觉得好看，但身处此地，充满了不协调的苍凉之美。突然意识到，这是最近几年参加过的第四场葬礼了。

小小的方盒子被摆在青灰色的石台上，盒子上面的小相框里插着一张黑白照片。是笑着的，人的脸庞一旦被放到这上面，就产生了一种难以形容的疏离感。你是确实认识那照片上的人的，但又觉得他很陌生。是吗？平时他是这样笑着的吗？他会出现这种表情吗？顺而牵扯出各种怀疑。我和他只是关系不近不远的朋友，有一些不知应该做什么的彷徨。刚到墓园，他的家人说："请等一下，我们去拿他过来。"一个"拿"字令人产生难以言说的惆怅——啊，他当真是不在了——他不再是一个人。

对我来说，来到这里更多是因为愧疚。我曾收到过来自这逝去之人的拜托，希望我能为他拍摄一辑相片。消息来得太突然，我也知他生病了，但却不知如此严重。于是腾挪时间，约定在二十天之后。谁知短短二十天之内，他就消失了。于是，我欠下了一个永远无法兑现的承诺。站在那张小小的黑白照片之前，忍不住想，也许，本应贴在上面的照片并不是这一张。

一同前往的还有他的旧日恋人，出园的时候，那同样不知所措的女孩，举起左手凑到我眼前。原来有一个小小的燎泡，香灰落下烫到的。她甚至有一些悲伤的欣喜："感觉是在和我说话。"留下来的人是多么可悲，拼命打开五感，想要自那些青烟之中捕捉到一切可以用来佐证灵魂仍旧存在的证据。我拍了拍她的后背，说："肯定是的。"

当天中午，我们和他的姐姐一起吃午饭。那优雅温柔的中年女人同我们分享了许多他的童年小事。那些乖张无稽的荒唐事，和我们记忆中的某一部分的他重叠。"是他会干出来的事。""难怪长大的他是这样的。"她坐在餐厅包间的窗户之前。她的嘴唇是浅浅的肉粉色，很薄，声音非常柔和，说话声音不大且慢条斯理，时不时笑一下，时不时又流泪。越过她，透过窗户可以看到同样的蓝天。上面布满被撕碎的、凌乱又轻盈的云。没有人谈论他的死亡，哪怕我们刚刚从火葬场出来。我们说出来的每一句话，都仿佛他还活着一样。大家尽力回忆他的混账，争先恐后分享出来。

活着的人真的了不起，活着的人承担着一切，无人能责备，无人能计较，也无人能拥抱，于是只好在记忆里努力细描所有的形象。并收集所有与他擦肩而过的人脑海中的细节，慢慢拼凑一个可以固定的记忆。他是个酷爱打扮的人，印象里总是新潮的，从没有马马虎虎地出门过。于是，大家开始纷纷谈论那些给自己留下深刻印象的奇装异服，生动又细致，什么颜色什么材质什么款式，于一个怎样不合适的场合穿着怎样的服装闪亮登场等等。若是这时餐厅的服务员走进来，一定认为我们在聊一个等一会儿就会出现、仅仅只是迟到了的客人。话从来没有撂在地上，每一句的结尾都有另外一个话头托住。生怕哪句话之后的沉默，会把他已经消失的事实显露出来。

如果死去的人是我自己,那么大家会谈论我什么呢,不由得联想。真希望能听听看,就像一个透明狡黠的隐形人一样坐在其中听听看。听够了便起身就走,不再留恋,因为我几乎能预见说来说去,都是那么一回事儿。超过事实的夸赞和太过沉重的想念,会担心仅有的踏上新程的背包容量不够大,所以选一点放进其中就可以了。我可不想被装进一个小小的方木盒里,太憋屈。都不必专程去什么大海,随便找个地方就好。反正真到那时,笨重的肉体早已不能代表我了。而代表我的,我愿是好听的歌儿、好看的花儿,也可以是清爽的风或者闪烁的星。如果这些美好的已经被别人选走了,那么热馒头的蒸汽或是烤地瓜的香味也行,这些总不至于被人抢先吧。

我还在写着,伴随着老火车特有的咣当咣当的充满节奏的响声。一张小纸被记满,我摸了摸口袋,再找不到其他的空白纸页。于是将它反过来,继续写。之前写得太用力,那些小小的字都往纸张的背后凸了出来,只有先用手掌按压抚平一下,才能继续。这列车上的氛围实在和煦,几乎没有阴影存在,光线以满溢的状态充满整个车厢,很不符合物理定律,但又并不令人感到奇怪。

可以这样冷静地观察死亡,是一件好事吗?我并不知道。又或许是所有的悲痛和崩溃,都已经透支了,余额不足,再拿不出更多的也未可知。我有时做梦,会梦到那个天旋地转的下午,真实到甚至在坐下去的瞬间,能感受到冰面一般的地板传进身体里来的寒意。又或许是因为,我打从心底的最深处,从不认为死亡是一件坏事。它只是一种状态,是汇河入海的必然。小小的溪流并入江海，是否意味着小小溪流已经灭亡，它变成了海洋的一部分，又或者说它变成了海洋本身。但它至少不是一件坏事。

其实我们统统直面过许许多多的死亡了，并不是只有人类才会死亡。时间也是，比如童年。当你自炎夏之中，擦干汗水不再哭哭啼啼之时，童年就开始逐渐消亡。蝉鸣，鸟叫，青草芬芳，暑假，日记，瓢泼大雨，这些都是我们在追忆的时候，拼命抛洒出来的，曾真正拥有过童年的证据。拥有之时，从来不会觉得这有多么了不起。所以童年的死亡有一半来自谋杀，不知好歹随随便便地就与它告别了。所以衰老的人们总是苦苦追忆。吃一堑长一智，我总是庆幸自己醒来得还算早。我决心永不谋杀青春期，就让它一直漫长地存活下去，直至我自己的死亡。

我曾在一个南方小城的小酒馆中的留言墙上看到过一句话，那是一张黄色的便笺纸，字是用黑色的墨水笔写上去的，因为时间太久，已经褪色成深灰色的程度。那句话是——我病了，但我将像活着一般死去。我开始试着想象自己已经死去，如果用这样的身份再去观看一切，万物都截然不同。如果我是一个鬼魂，那还仍然使我牵挂，留我在人间的东西究竟是什么。这样想着，许多事情都不再无足轻重。终将死去的信念，能让人活得更好，我坚信这一点。

我还曾陪朋友处理过丈夫离世的种种。收到消息的时候人很蒙。因为这位丈夫总是充满活力的，年纪不大，爱好广泛，热情周到,意气风发。我以最快的速度坐上列车，抵达的时候已是傍晚，朋友径直带我去了车库。我们拉开车门，分别坐在主驾和副驾。人啊，常常可以直面自己的死亡假想，但对于突如其来的他人的死亡实在无能。她面向前方，没有跟我产生任何眼神对视，就那样看着前方，仿佛真正听她说话的另有其人。我们就那样坐了几个钟头，那昏暗低沉的地下停车场好像给了她微弱的安全感。

陪她整理遗物，那些生活用品实在太过寻常，没有任何死亡气息。牙刷仿佛早上刚刚被人使用过，还有穿过几次就被挂回衣柜的衬衫，袖子被卷起来没有舒展开。桌子上的属于他的东西也是一如往日的，就那样被搁在上面，下一秒钟就会有人走过来取走的状态。这样去看待死亡又是如此让人遗憾，世间的一切都没有改变，只有一个人从地球表面消失了。而剩下的人要在这没有改变的世界里，继续活着，总要削剔一些血肉，然后再结痂，再撕裂，再结痂，反反复复才做得到。无能为力的陪伴者，只能一遍遍展示自己已经愈合的伤口给她看。这办法如此愚钝蠢笨，但我实在想不出更好的了。

这位丈夫的离世还留下了两个稚童，那几天，我不断使出浑身解数陪他们玩耍。尚没有人告诉他们关于父亲何去何从的真相，两个孩子依旧无忧无虑着。玩孩童幼稚游戏的过程里，我经常走神。第一天我还信誓旦旦地扶住朋友的肩膀说着，应当告诉孩子们，一起面对之类的鬼话。实实在在坐在他们面前，看着他们因为一点小事就笑作一团的高兴劲，嘴里就像被什么人塞了一团棉花一样失语。死亡这堂课，对他们来说，开课太早。

我带孩子们去上篮球课，需要留给悲怆的妻子一些时间。我从未带孩子去过课外班，十分紧张，仔细观察着周围的家长们如何做。将背包放在哪一处，水杯又是放在哪的，生怕有一点不通顺令孩子们突然提起爸爸。他打得很好，是全场孩子里打得最好的一个。中场的时候,其他的孩子冲向家长,家长把早就准备好的水杯递过去。我赶紧手忙脚乱,哆哆嗦嗦地把水杯拧开,希望演技不会太拙劣。哪怕再迟面对一刻呢,哪怕是一分钟。

留下的人这样不舍,那走开的人又怎样呢。提前一步离开人世的人们,相信你们总有短暂的眷恋过吧。总不至于当真头也不回那么潇洒(当然我想也必然有格外潇洒的人也没准)。总得确认牵挂之人重拾斗志,自己留下的蠢事生平被嘲笑完毕,身外之物也都去往合适之处,热闹看完才甘心挥手告别。这样一想,似乎又婆妈了起来。是否轻视了那些死去的人呢?离开了便是离开了,何苦还要回首,大多数人兴许是这样想的吧。

多少个日夜,我的朋友已经重新上路,似乎还拥有了什么更厉害的本事。这该死的世界显露出的狰狞獠牙,并没有将她撕碎。我再想不出还有什么能将她磋磨。得以见到许多从苦海中上岸的故事,正是命运这家伙面对我们的束手无策。关掉了所有灯的魔鬼,忘记了还有星光这件事。

我的生活中曾经相识过一位极限运动教练,是一个法国人。五十几岁的年纪,有很灿烂的笑容和好听的英语口音,而且喜欢吃中国菜,尤其是吃辣。经常在聚餐的时候,被辣得满脸通红,还大呼过瘾。大概因为总是接触自然的原因,又或是因为一直在做着自己最喜欢的事情,整个人看起来毫无疲意。你会经常忘记他已经年过半百。感受到的他,仍然是一个极其年轻的人。还有一个由他做主角的大品牌汽车广告,他自高山上飞伞而下,然后精准地穿过打开的天窗,落进一辆正在公路飞速疾驰的车子的副驾。整个片段干脆利落,精彩绝伦。几年前,他因为极限运动意外离世。我不敢相信，去翻看他的社交网络，发现最后一条内容是一张照片，应该是他自己拍的。是一双脚，坐在陡峭的雪山之巅，穿着雪鞋踩着雪板，一片洁白，充满了冬日雪场特有的舒适。我盯着那张照片看了许久，突然不再悲伤。因为不想自以为是地认为离开的人一定是不幸的，也无意于探讨极限运动危险与否。但那张最后的照片里传递出来的尽享人生的快意，无法不让人动容与释怀。当活着的时候足够尽兴，那面对死亡是否就更加坦然，这样主观的感受，唯有等到我自己死亡的那一天才会得到答案。为了更靠近那个"是"，至少可以先最大可能地尽兴而活。

人在参加葬礼的时候，会产生非常矛盾的心情。因为在葬礼上，明明是离死亡最近的地理位置了，但死亡的痕迹在葬礼上太过无处不在，反而滋生出非常遥远的距离感。压抑的配色，严肃的人们，难听的音乐还有单调的花朵。渺小如浮尘的人们各有各的活法，但葬礼却都大同小异，想不通。我没有见过独树一帜的葬礼，这使我产生了一些野心。提前策划一下自己的葬礼也不错。先想想由于活着产生的诸多物品，如果我已不在，那么旁人看着它们将生出何种心情。连累别人因为一件无聊小物，沉沦泪海是否值得，这样一想，东西通通都可以处理掉算完。这栋小木屋要留给谁呢？我得好好想想，必得是一个也能和动物说话的呆子才行。葬礼上的照片选哪张也是个难题，一个人的面貌果然并不是长相这么平白的概念，什么最能代表我呢，无解。想来想去，竟觉得彻彻底底消失得精光，居然是我最渴望的死亡状态。

几年前的一趟旅行，我去过一次墨西哥，正赶上当地最盛大的节日亡灵节。其中的一天，我去墓园旅游，我试图找到更合适的语言搭配组合，最后还是选用了墓园旅游这种吊诡的字眼。那一天的目的地确实是墓园,而我又真的全程充满旅游的新奇心态。墨西哥人对待死亡的态度在无数文艺作品里都可略知一二,但真实到访不可说不震撼。下午时分进到墓园,是一整片花的海洋,缤纷而热闹。人们如参加花店装饰大赛评比一般装点着亲人们的墓区。花样百出,从不重复。明明知道这是墓园,却遍寻不到一丝一毫的死亡气质。像一场热闹的聚会,空气里除了花香,就是啤酒沫的甜味。

其中有一家,真的算得上载歌载舞,有乐队有歌手,唱的是西班牙歌曲,不懂歌词,但很动听。那崭新的墓地几乎全数失掉了墓园的身份,被唱着歌的人们团团围住。刚刚去世的少年,家人们请了乐手,演奏着他生前最喜欢的歌,欢快轻松又深情。大家都在流泪,却也都在笑,没有歇斯底里,更没有肝肠寸断,只有纯粹的思念与柔情的放手。

我在那个墓园一直待到半夜,入夜之后,满园都是小小的蜡烛,蜡烛都被放在花朵编织的底座上,轻轻跳动。夜里下起了雨,我躲雨至一家人的棚底。被主人盛情邀请坐下,那雨布实在狭小,无处可坐。原本想着,只是侧身站着躲一躲就好。谁知那女主人不知从哪里变出椅子,像种树一样用力插进了墓里,还发出"嘿"的一声。我看得呆住,面对死亡截然不同的态度令我一时之间手足无措。她转头大笑着邀请我坐下避雨。椅子已然插进去了,看起来牢固得很,简直就像那底下的人醒过来正攥住椅腿帮忙一起固定。我赶紧驱散心里乱七八糟的念头,小心翼翼坐下去。接下来更不得了,女主人又变出了啤酒,自那些鲜花丛中的祭祀供品里拿了个果子,一起递给我。到这一步,我那充满忌讳的生死观早被击碎,什么边界、什么虚空都不对,心里完全澄澈光明起来,原来死亡也可以是这么一回事啊。

夜深之后，有一些人冲到雨中开始跳舞，音乐声音很大，一副准备通宵狂欢的架势。小孩子们穿梭在一座又一座墓地之间，跟穿梭在长满鲜花儿的山坡的状态没有任何区别。整个墓园根本就是欢乐的海洋，这个世界上最欢乐的地方并不是游乐园，而是墨西哥亡灵节的墓地，这是真的。每一个来过的人都会赞同我。我笃信，那些鬼魂也是快乐的。对啊，从来没有一个死去的人复活过来说一句：死亡太可怕了。那我们又为何如此惧怕死亡呢？

曾经我也无限接近过死亡，或者说，求死未遂更加准确。

我自昏迷中苏醒的那一天，阳光格外明亮，好像一颗太阳在努力地燃烧自己，将那些浓烈的热量捏成碎片用力向我投掷而来。眼睛睁不开，觉得湿蒙蒙的，像隔着一层毛玻璃。死过一次的人对死亡这件事完全祛魅。慢慢握住拳头，感觉到手指甲深深嵌进掌心的皮肉里的那一刻，我还是活着的。匆匆忙忙，思绪被转动了一下，看到万花筒一般的绚烂世界。我喝下的水也甜，从前怎么从来没有尝出过白水的味道，原来它并不是无味的。还有摆动的光斑，在有些旧损的床头柜子上挪移。睡了一觉，这一觉深而沉，把那些无眠的黑夜都补回来了。不受控地流出泪来，泪珠顺着耳朵往下流到脖子。想去理个发，恨不得立刻翻身起来，穿上干净的衣裳，立刻就去。还想吃东西，肚子咕咕叫，什么都想吃，甜的，酸的，辣的，苦的，都行。头脑是迟缓的，但情感却变得更加灵敏，床也很柔软，枕头也很柔软。闭上眼睛，阳光触摸着细小的绒毛，产生酥酥的痒感。感受到空气自鼻腔进入体内，紧接着胸腔也被装满，然后再慢慢将它们呼出去。一种淡淡的消毒水的味道也随

葬礼旅行团

之涌进来,这味道带走许多落满尘埃的碎片。

看着周围的一切,我不是独自逗留在这个世界上啊。还有牵挂,还有太阳,还有小猫,还有月光,还有饮过的茶和种过的花,更不必说还有深沉爱着的人们,同时也被她们爱着。在这一切的包裹之下,总会慢慢学会告别。同终将失去的世界和昨日的诗歌告别,同渴望死亡的自己告别,同那些离开我的人告别,同充满尖刺的长夜告别,也同来时之路告别。我们自一场又一场的人间葬礼之中理解死亡,既然死亡终将到来,在它未至时分,还是活着更值得有刀有盾地感受一番。

列车再次停靠,我也想下车走走了。那张小纸早就写满了字,但原本就是写着玩玩的,并没有想要带走它。车里的乘客全被温柔晨光感染,渐渐明白所有珍贵又私密的安慰。我把纸条上的所有字都划掉,因为当你还年轻,那你的遗书便从来不是给别人看的。它是有如日记一样的陈述,讲的只是这一刻渺小而转瞬即逝的遗憾或向往。在空白的地方写了两句留言,并不知道想要说给谁听。但我仍然将它留在了洒满阳光的小桌板上。

"嗨,是有这样一辆列车的,你们知道吗?当我们真的愿意直面所有的失去之时,一切都将不再彷徨。"

坐面对大海的小火车

阴天坐列车，看到平静的海面

在院子里放了一个小小的木鸟窝

每一件旧物都有温柔的光泽

太阳晒过的毛巾都有好闻的味道

夏日里的冰西瓜

一个人待着的时光

深夜的篝火发出好听的声音

跑在能看到海的小路上

黑色的礁石和汹涌的海浪

常常可以看到冰淇淋一样的云朵

春日里樱花开放

去看花火大会的傍晚

07
我的理想：孤独终老

从这栋屋出门，左拐右拐分别都有邻居的房子。一栋屋里住着一个八十五岁的奶奶，独身一人。另外一栋住着一对九十岁上下的老夫妇，不与子女同住。

先说独身的奶奶，她总是很热情，热情到令我这种从不惧怕交流的人也生出了一点胆怯。有时候出门会偷偷瞄一眼，趁她不备赶紧骑上自行车开溜。她的房子小而美，要经过一道小小的楼梯才到屋门口，楼梯的步石是用不平坦的粗石块堆叠，旁边全摆满了大大小小的花盆，春夏的时候变成一条花径。她还养了一只猫，那猫白日里经常四处溜达。我骑车出门的时候，经常在有一定距离的别处碰上它。初始还总担心它是否会迷路，但归家时它往往比我还要更快抵达，仿佛从来没有离开过附近一样。一脸无所谓地蹲在那小花径的石头台阶上舔爪子。

从我的餐厅可以看到她的卧室，有一扇小窗，一共四扇玻璃，褐色的金属窗框。窗户里面挂了白色带镂空花纹的纱帘。夏天的时候，其中一扇窗户总是打开的，那短短的纱帘一会儿被风送进屋，一会儿又被带出来轻轻飘荡。出到我家院子里，经常可以听到她的房间传来老老的音乐。她有一辆黄色的、非常迷你的方形家用厢式车，很浅的鹅黄色，不知是原本就这样浅，还是因为开了太多年头，太阳晒得太久有一些褪色。我经常在家中看到她开着车从厨房的窗前经过。小小的一个人开着小小的车，车速一发动时就很快，唰一下就从眼前过去了。

她曾经邀请我去她的卧室里看海，她坚持从二楼的小卧室可以看见海。但按照我的种种地理角度分析，这分明是不可能的一件事，更别提她的房间与海那一边还隔一棵巨大的树。下一次吧，下一次她再发出邀请，我一定要进去看看，或者听听她又要怎么讲。她的个头很小，但并没有因为老迈而变得佝偻，还是挺拔的。人很瘦，但并不弱，是很强干精神的瘦，下颌的弧度也利落，看起来非常爽利的一个人。到了炎热的夏日，我经常在家里脱个精光，没错，就是字面意思的那种精光。她推门而入，抱着一颗小小的西瓜。总之，我甚至曾与她裸裎相见，特别尴尬。若是旁人见了这种场面，想必会第一反应关门退走。她偏不，把门一关，人居然直接站进玄关里来了。八十五岁的年纪在这一刻显出些道行，面色淡定语气自如。

还收到过她送来的一盒小点心，不是很规则，家厨手作的痕迹很明显。是方形的一块绿豆糕，装在透明的塑料饭盒里。那一回她大概赶时间做别的事情，听到门铃响，我就跑去开门，是一开门，就端端放在门口的地上。能直接推开园门进到屋门处放东西的人，不用猜，一定是她。打开蓝色的盖子，那块小糕点上还点缀了一根小叶片枝丫,是长长风铃花造型的叶子,细细的枝茎上,左左右右长出尖尖的叶片,十分可爱。能想得到,她做完吃的,盛进小盒子里,然后跑到自己的小花径上用指甲尖掐一段小枝条,摆上去。心里肯定得意着:上了年纪也是懂浪漫的,少年人,好好学着吧!第二天再去买菜的时候,神使鬼差地就买了一束小花,回来插瓶的时候,瞄到桌上洗干净的小饭盒,果然还是受到了激励啊。

每次遇到她,她都热情洋溢拉住我聊天。我们语言根本是不通的,鸡同鸭讲地说半天。然后她就自布兜里变出几枚布丁或者一个苹果之类的零食,塞进我手里作为结束礼。有一回,我和朋友们在院子里放烟花,这老太更是夸张,直接自两家庭院之间的植物空隙里钻了过来,抱着许多水果。我朋友第一次见到这种阵仗,赶紧站起来招呼。可被她逮住机会,足足说了一个小时。回回看着那些哄小朋友一样的吃食,似乎能感受到一些寂寞。

我几乎要忘记她是独身一人了,因为她总是风风火火,毫无垂败之气。那小窗户里传出来的音乐也皆是些浪漫之音,闭上眼睛就看到曼妙女郎在舞蹈的招摇曲调。她的花也是,都格外茁壮,颜色娇艳明媚。经过她的家,抑或是路过她这个人,从不会觉得"寂寞"与她有什么关联。但我想,她应是寂寞的,不然怎会总是拉住我这个异国的家伙不肯放手。我有时搜出翻译软件,她总是心急的,不给科技反应时间,经常抢拍。于是我常常只能看到下半句,不时被这位古怪老奶奶的思维震撼。我甚至一度认为我的软件出了问题"外星人曾经……""……我的父亲……他是一个和尚……"莫名其妙的只言片语,因为太过离奇,根本无法拼凑出什么合理的句子。于是我对于她的了解,经常是跳跃性的,形不成一段完整的人生。

你看着这样一位老太太,无法控制思维地就会开始想象她年轻时的样子。我猜应是更昂扬的,说话很大声,步子也迈得长那一类。遇到感兴趣的人是否也会像现在一样,直接抱着西瓜就冲到家里去。年轻时候的脸庞又会如何,应当跟现在区别不大。八十五岁的她实在皱纹不算多,脸白净又光滑,不知道是拥有了什么样的魔法。我曾经真心询问过,得到了一通乱七八糟的回答。外星人之类的胡言乱语就是自那次交谈中产生的。她现在也喜欢穿一些带细小蕾丝花边、质地非常柔软的小上衣,我猜是年轻时就开始的衣着习惯。她一定也谈过许多场恋爱,不知道为什么,就会有这样的感觉,一种奇怪的直觉。她这样喜欢花,约会的时候可以送她那种一小朵一小朵的,有袖珍叶片子的浅紫色的小花束,或者黄色也行。为什么老了之后孤身一人生活在海边的小城呢,是从来就住在这里,不是自大城市中搬过来的呢?这又该是其他的故事了。或许荡气回肠痛失所爱,又也许视男人于无物感到自己一个人才刚刚好。也许是出生在此,是大自然孕育了那幸福的状态。又或者是旅行时发现了这样安宁的地方,凭着她的性格,什么不想,直接开着那辆小汽车就搬了过来。一个精神矍铄且抱有热忱、充满活力的老奶奶的人生,想必一定精彩,至少谈得上丰富。每当我家来了新朋友,又正巧被她碰上,她都要重复一遍自己目前多大年纪,一脸讲神秘故事的表情。不出意外,她慢慢说出来,并同时用手比划着数字,总能收获来自陌生人的感叹。她实在是看起来年轻又健壮,眼神都是明亮的,眸子乌黑,连那些不多但深的皱纹都干净利落。

再说说另外一边的老夫妻。那位老爷爷特别有趣,总是会在院子里看到我的时候,高举双臂,来回舞动。有点像是商场门口促销的气球人,动作之大足够立刻把他的快乐传送过来的程度。而老奶奶安静得多,有一回我蹭车下山,和老奶奶一起坐在后座。我几乎要把头点断,一对上眼神,老奶奶就点头微笑,我只得回礼。久了久了,就只敢把头转向窗外。刚刚买下这栋房子的时候,我去送一些吃的并打个招呼,得以看见他们的家。他们的房门口与另一家不同,十分简洁,只有绿色的植物,没有花朵。看起来一早就做好了养老的准备,几阶梯梯也带着好抓的扶手。打开门的时候,看到他们背后小小的玄关,整个房子里都安装了方便老人行走的扶手。"是一栋准备安度晚年的小屋啊",我这样想。

做好了这样周全的养老准备,却并不意味着再不冒险。我经常看到那老爷爷折腾一些惊险操作,比如走出院子,就看到他站在极高的梯子上修剪树木。穿着深蓝色的背心,里面是方格衬衫,穿着黑色的裤子,还有一条白色的毛巾挂在脖子上,戴着深米色的厚手套。他举着一把巨大的专用剪刀,红色的手柄,乌铁色的整体,一定很重。边修剪边低头问底下人的意见,时不时需要轻轻踮脚去够到更高一点的枝叶。第一次看到他头发花白地站在树顶忙碌的时候,着实吓我一跳,真怕他摔下来,你们可还记得我提到过他九十岁。谁知他自树顶瞄到外面小马路上经过的我,竟再次挥起一只手臂,身体在那高梯上扭来扭去,大声打招呼。而他那同样年迈的妻子,拄着拐杖抬着头站在树下的围墙外,听语气似乎是在挑挑剔剔地指挥,看到丈夫挥手,也转过身来冲我点头微笑,我赶紧从自行车上跳下来,认认真真回礼。加起来快要两百岁的夫妻俩,自己修剪树枝,很是惊心动魄又有趣的氛围。

而我蹭上车子,点头如捣蒜地去车站的那一回,他们夫妇俩都穿得很户外。因为我要坐进去,所以后车座的两个背包需要拿到副驾驶,过手的时候,掂量一下,沉甸甸。其一个包上还挂着巨大的保湿壶,里面可能是开水又或许是热咖啡。原来竟是要开车去车站,然后坐列车去另外的地方爬山,真是惊人啊。院子里的那棵树肯定是两人年轻时亲手栽下的吧:年轻的男人脖上缠着白毛巾挥汗如雨地挖坑移苗,年轻的女孩子在旁边饶有兴致地站着,手里兴许还提着绿色的茶壶和杯子。趁他停下来,就催他喝水。风霜雨雪,树木攀爬,旧光景却是不变的。不然,怎么会人到九十岁,还不管不顾观众的感受,爬上高梯一顿操作,正是因为一直都是这样生活着的吧。

一直这样生活着,没错,就是这样。老去的自己仍在做着年轻的自己爱着的事情,于是那些从年轻之时开始养成的习惯、长出的脾气,一直贯穿着漫长的人生。而那些曾经堕落过的、腐化过的往事,都被生命的容错率轻轻消解。命运的容错率很高,超过每个人的想象与期望。没有任何一条分岔路口的选择会直接将人带去谷底,受一点折磨之后,绕个远路多费一些力气。又或是索性掉头重来,蹉跎几年,都不妨事。畅想老去生活之时,我会细数能令我一直这样生活着的种种,发现老了也将很忙,安下心来。只愿生命与健康同行,让每一分属于我的时间,都为我所用就好。就如那爬上高梯剪树的老人,是多么幸福。

两边邻居的性格气质完全不同,一家谨慎温柔,一家豁达开朗。独身奶奶家里的猫永远都在外面溜达,可见主人心大,放任它自由自在。而另一对老夫妇也经常在外面散步,他们按时巡视周围是否有可疑人员,认真又专心。前几年吹台风,放大地图看见那一串台风标识,直冲这里而来。台风过境的第二天,收到来自两家的邮件。老夫妇写道：院子里一切安好，请放心。而那怪老太写道：风太大了，树都要倒了，但没倒。

我坐在家里，摊开来想想，觉得好有趣。这两户邻居就像是人生两条道路的选择展示一般，遇到一个合适的人白头偕老是如何，一个人过又是如何。有了这样的感想，再去观察，更加饶有趣味。难免联想到自己身上。看着独身老奶奶染着亮亮的头发，化着美美的妆，坐在驾驶位唰啦冲出去，觉得不错。看着老夫妻俩拉着手一起去爬山，背着鼓鼓囊囊的小背包，也挺好。人间浪漫，各有各的过法。

这栋木屋的周边社区里，大多数都是老人在住着，思维不受控制地就会滑向对于衰老的种种感受。谁会从对终将渐渐老去这件事，感到害怕过吗？我很好奇。怕的又是什么呢？容颜衰败，身体退化，理想不能达到之遗憾，还是周身之人与物都渐渐消失的迷茫。甚至有人觉得衰老比死亡更可怕，死亡快刀斩乱麻，老去绵绵无绝期。

在幼小的我的记忆里，曾经有过一个画面，印象深刻无法忘怀，直到今天。无意中看见的这个画面，令我对于老这件事有了非常强烈的恐慌。那是一次新年的家庭聚会，许多人聚在一起，吵吵嚷嚷你来我往，十分热闹。我还是一个小孩儿，大人们的聊天听不进去，坐在那里只觉得屁股生刺，于是到屋里四处走走看看。经过一个房门微开一条缝的卧室，听到一声咳嗽声。我趴上去，看到一个老人正在翻看旧报纸。为何如此肯定那是旧报纸，因为那些报纸纸页都已经微微卷边发黄。那双手干枯无力，骨节都突出着，手指甲也都散发出很不自然的颜色。他几乎以一个完全定格的状态就那样坐着，穿着深灰色的打底内衣，外面套着枣红色的粗线毛背心，头顶的头发略有些稀少了，戴着老花镜，就这样半静止着。旁边搁着一杯茶水，杯柄的漆面已经磨掉，显得非常冰冷。不是一张旧报纸，那张圆形玻璃桌上放着厚厚一沓，他翻开一张，停留很久。翻看旧报纸这个行为，给我的心灵留下了很强烈的震动。哪怕是看书，都不会，但早已失去了时效和新闻性的旧报纸，是多么乏味。再转头看外面房间子女孙辈们的喧嚣热闹、觥筹交错，猛烈的空间情感撕裂感，令人不适。以至于，后来的我总是很不情愿去那一家，因为那孤独而失去一切生命活力的侧影，仿佛一个空洞的梦魇，让人害怕。小小的我心里都难免想一想，究竟怎样老去才是好的呢？

在这边买自行车的时候，需要找到邮筒寄出一封回执，才算登记成功。自行车就有了所属，对于财产安全之类皆会有更多的保障。于是那一天，我就骑着车四处找邮筒。把那封信投递进去的时候，产生久违的回忆感。记忆有些模糊，从何时起，我们不再使用这种方式通信的呢？小时候我是经常寄信的小孩，投稿，交笔友，甚至还通过邮局买过东西。太久之前的事情，久到早就将寄信收信的感觉悉数抛掉了。在买自行车的商场里，忍不住问工作人员："这样不麻烦吗，为什么不使用电子回执呢？"那个短短头发、有着亲切笑容的女士回复我说："但是，很多老人还是要使用邮筒的嘛。"

终于看到路边的红色邮筒，差不多到人的肩膀高度，我停下车来，把那个信封丢进去，听到"吧嗒"一声，是信封掉落筒底的声音。对啊，老人们还是使用邮筒的啊。

这个世界有太多盲点，年轻人与老人之间有时仿佛永远隔着一片深海。那个清脆的响声，仿佛同时向童年与衰老的自己，丢了一块石头，在茫茫深海之中，激荡起一片小小的浪花。你是否曾经疑惑过，繁华闹市里的老人仿佛都消失了一般，大家都去哪儿了呢？现代社会的忧郁却并不会随着对老人的忽略而变得更好一些，因为那是所有人共同的结局。人们在投入狂热专注力的事情中总是浑然不觉，在令人迷乱的爱情面前也常常混淆日夜，这样下去的某一天，突然清醒，才意识到时光如流沙，千帆过尽。老去也是一样的，挥霍着年轻的每一分气力，以为自己将永远拥有它，却突然感受到自己已不再年轻。每当听到英雄迟暮的故事便会唏嘘不已，然后在心里倔强，还好我等凡人不是英雄，迟暮也未必有那样落魄凄凉。又作新的解法，英雄也会迟暮，时间这把快刀这般公平，凡人不必慌张。这样一路讲下来，好不可怜。老去一定这么惆怅吗，这栋木屋给了一些不同的答案。

寄完信回家的路上，心情有些清爽。觉得这是一方看得见老人的世界，当不再年轻的生命仍然得以被认真看见之时，孤独也有了美好的意义。我实在于这栋屋的周围看到了太多有趣的老去姿态。有一次走了新的小路，远远一栋全粉色的小房子明艳艳坐落在一棵大树底下。走近了看，颜色还更粉些，粉得耀眼。院子里还有各种形态的卡通花盆与装饰。低矮的围墙上被精心掏出半月形状的空洞，用削薄的石头封了边，里面摆着动物样的夜灯。木门上挂着可爱的铃铛，还有大大的蝴蝶结。一位奶奶正在停车，车子是深蓝色的复古老爷车，有细条的棕色皮制方向盘。车子发出特有的与现代汽车不太一样的响声，很让人喜欢。还看到过一栋房子的周围，被那种做工精细的微缩铁道环绕一整圈，因为太有趣，我沿着院墙整整走了一圈，好看仔细。太精妙了，真实火车轨道里的一切都被复制出来，似玩具又不似玩具。转到房子向阳的一面，我从刚好不反光的玻璃角度，看到一个头发花白的老头正在书桌上埋头写字。这是他的轨道，家里肯定还有一列火车。是狂热的火车爱好者啊，肯定爱了很久很久，看看那铁轨的完美程度就知。还见到过身体壮硕的肌肉老头，穿着白背心，肥肥的工装裤，蹬着长筒的旧靴子，推除草机。草屑从机头如喷泉一样向上喷出，可以闻到令人愉快的草木芬芳，他每用力推一下肌肉就轻轻跳跃一次，真是比年轻的愣头青小子性感多了。

我通通不知这些老人的生活状态如何，有无子女，有无伴侣，有无足够的金钱，但他们全部散发出没关系的底气与腔调。我想内心一旦贫瘠，就格外需要外来的爱。当精神富有身体健康之时，谁还有空向外索爱呢？宇宙与洪水都不会因为年龄的积累而消磨半分，既然一切都没有改变，那老去又怎么样呢？

这样想着，回到家，喜欢聊天的老奶奶正在召唤猫儿回家。我迎头碰上，打招呼，她立刻让我等片刻。怪我太不小心，被她捉个正着。她命我等待之后自己返回家中，再出来的时候，抱了一盆歪歪扭扭的菜花给我。拿人手短，我只好端端正正把车子停好，听她讲话，拿出翻译软件，又是一通荒诞言语，心里乐了起来。待我老去，会不会因为寂寞而紧紧抓住一个鬼鬼祟祟本想溜走的年轻人。又或者她是否知道我本想躲避呢，我猜她是知道的，不然怎么会加快脚步。

晚上吃饭，我将那菜花先焯水煮熟之后，用蒜泥凉拌了来吃。其实平时一餐是用不完整棵菜花，可是这一棵非常袖珍，也不规则，切了几刀，正好凑成一小盘。这菜花不愧是自己种的，模样虽怪但口感鲜嫩，清甜可口。吃着这样的菜花，莫名其妙地充满勇气。

孤独又如何呢，看似不孤独的人却根本种不出这样的菜花给自己享用吧。

我还记得，发现第一根白头发那个惊心动魄的早晨。一切如常，洗着脸刷着牙，以为头顶是有什么脏东西，用手腕拨了几拨，恍然大悟，那是一根白头发。其实现在想来甚至有点可笑，一根白头发而已，有何了不得。那个清晨，那根不起眼的白发几乎将我击溃。天理不容的大事，谁允许它长在我头上的，我没有接到任何通知，怎么回事，怎么就不声不响地长出来一根呢？这样刺眼，这样碍事。我根本没有留给它多少时间，直接一把揪了下来。我称之为对白发的凝视，把它放在手心，仔仔细细看了很久，呼出一口气，不得已承认它真的是白了。它兀自长了这么久，我怎会才发现，平日里它都躲藏在哪儿？毫无意义，心酸至极地思索了很久。对着镜子哭天喊地，完了完了，我要老去了。那个从门缝里看见的翻看旧报纸的沉默身影像黑色咒语一样不断扩大，觉得自己不消一会儿也要走到那其中了。

此刻回想，简直荒谬，但克服惶恐，与创造它相同，重要的见一个榜样闪亮起来，才是最管用的心理疗愈。在那根白发事件之后，我于一架长途飞机上遇见了一位美丽的老妇人，头发白得不算彻底，是黑白夹杂的灰白，没有染发，就那样灰着。中途遥远，时醒时梦，醒来之时，她正在阅读。机舱里的阅读灯发出弱而柔的光线，像舞台的灯筒一般罩住她整个人，令她的头发反射出流动感的光芒。她读书的速度恰到好处，翻书页的细微声响，总是在我希望它响起来的时候发生。不易察觉的"哗啦"一声。那画面太美,人美,头发美,翻书的手指美,嘴周的皱纹美,眼角和腮边的浅褐色的老人斑也美,一切都很美。把岁月都揉进了自己的人生,锻造出了别样的风华。

奇怪至极,都是阅读的场景,为什么一个令人毛骨悚然,一个给人无限志气呢?思来想去,是因为好奇心的存在与否。不再想去注视新的人生,在旧日新闻里缅怀过往,对未来种种皆丧失了好奇心,这比衰老本身更加灰心。于是得到解题思路,多简单,我愿用青春的皮囊、冒失的教训来不断滋养我的好奇心。它最好高过天、深过海,比所有的黑暗都更深邃,比所有的明亮都更夺目。非要老去,总要老去,一定会老去,那就和好奇心一起上路。这世上多的是看不完的书、听不完的歌,只要好奇,它们就永不绝迹。

隔壁的怪奶奶,我们两家的房子距离比较近。不经意地也会经常看到她的身影,入夜之后,她家里的灯亮起来。她不时地会从窗前经过,瘦小而挺拔的身影被灯光投射在纱帘之上。有时她还会抱着猫经过,有时候她会看书,有时她还在家中跳,看起来十分孤独。直到有一回自己回到这栋屋,晚上,准备合上窗帘的时候,看到她也在关窗,她看向海的方向,那样停滞了一会儿,脸上的神态很满足平静。那一瞬间我被她迷住,在那张远眺的脸上,几乎看清了她二十几岁、三十几岁、四十几岁……的种种面目。这下我相信自她家的二层可以看到海了,在森林的空隙之中,一定能看到暗蓝色的一线海。两位女士各自处于各自的空间中,感受着孤独与融洽,都很好,缺一不可的那种好。若只有融洽,又不够清醒,未免显得糊里糊涂。只有孤独又太黑色幽默。所以那份眺望海岸的心情里,一定两者皆有。

但老去一定是孤独的吗？在我这里的答案是肯定的，也许这答案并不讨人喜欢。我却深爱这个答案，打从心眼里坚持着守护这个答案。我们自幼一路狂奔，穿过山洪和暴雨，也路过鲜花与歌声。但总体来说，它却是一趟不断舍弃或是放手的旅程。当然也能得到许多，得到白发，得到皱纹，得到一些或远或近的离别，得到无数错误，得到丰满的回忆，得到更少的欲望，和更多的爱的能力。于是，我们拥有了无数独有的结论和感叹，而只要这些求索的过程永不停止，那么自我与外界之间的矛盾将永远存在，孤独就是顺流而生的产物。除非我们放弃思考，放弃争斗，也放弃前行。融入别人的生活，无论是爱人抑或是子女，将自己的古怪与锋芒通通丢弃，换取热闹和陪伴。但热闹和陪伴就意味着不孤独吗？我从不肯定。

这样一想，孤独竟然永是自己的盾牌，只要我们拥有孤独，就拥有延伸灵魂生命的权利。又或者说，即使我们的肉体还年轻着，我们仍然可以选择孤独这种属性。剔除多余的热闹，对孤独这回事多投注一些勇气和向往，也许会意外地发现，故事不仅得以延续，且因为更加专注，而拥有了更多明晰有趣的细节。

那院子里布满小小铁道的老人，我再次看见他。他正在院中踱步。轨道上被放上了一节火车头，栩栩如生，可以坐上去奔赴海角的感觉。他就沿着那条细细的铁轨散步，脸上的表情十分满足。我甚少在一个匆匆忙忙的年轻人脸上看到这种十分感染旁人的满足感。似乎已经得到这世上最宝贵的东西一般的神情。夕阳西下，光线都斜斜地映照在整个视野之内。也落在他的身上，也落在那一圈轨道上。看起来孤独吗？如果我们理解的孤独是同一种，那是的。但这样的时光里，孤独才是一切的安慰。还能与谁分享，谁又能完全懂得这份快乐。琐细浮华都不重要，并不是说说而已。

我将开始为我的衰老创造更自由的世界。

首先，老了的我会是什么样呢？个子应是没有再长高了，说不准还缩水了一些。我应该还是经常回来这栋屋住上一住，我的自行车老伙计是否还灵光呢？看来还是得对它更好一点。会不会因为勤学苦练而更加能与动物们沟通了呢？这时的森林中的动物们应该已经更新换代了好几批了，我也随之成了古怪的老太婆长辈。是爷爷奶奶们经常说起来的住在那栋屋子里的人。

但愿那时的世界，已经是一个可以看得见老年人的世界。如果仍然有固执的人在使用邮筒，那就愿路边仍然有邮筒。希望老人们都走在繁华的马路上，走在美丽的公园里，去时髦的咖啡店，去灯红酒绿的舞会，如果愿意的话。希望如我一样的老太婆们，都更乐意关注衣摆上的花纹是玫瑰还是百合，我们选择自己想听的音乐，不管那些孩子是否觉得老掉牙。要把营养又美味的东西全部留给自己，年轻人们喝水都会长出血肉来，我来享用才多有助力。总而言之，就是这样一位自私的老太婆啦。

我得努力地锻炼身体，让腿脚保持敏捷，耳朵也听得清楚，这才抓得住陪我聊天的年轻人。噢，当然不仅仅是这样。我要走到礁石滩的深处去看海浪拍岸，路程崎岖，要全神贯注。穿着贴身的牛仔裤和黑色的毛衣，如果头发可以如银丝一样纯白那再好不过，被风吹起来的时候，我就可以用我那长出老年斑的手把它们统统拂去耳后，像我年轻时那样。如果有冒失的年轻人胆敢好心过来提醒我,"喂,那并不是老年人可以去的地方。"我就从我的小背包里掏出蓝色波点的中柄雨伞,用力敲他的头,让他感受一下我的力气。然后在他的骂声中,继续往最美丽的位置走去。

我还要继续阅读和观影,同时喝咖啡或啤酒。那时我一定拥有了更多的杯子碟子。每次翻开一本书之前,我都要站在展览馆一样的柜子前面挑选今天最顺眼的玻璃杯。放进好多冰块,把啤酒呼啦啦倒进去,趁白色的啤酒沫还没有溢出去之前赶紧嘬掉。如果看到了不喜欢的结局,就自己写另外的故事,用白纸写完,然后覆盖在书本上。反正我已经老了,才不管这些年轻的作者会有何感想。况且我有大把的时间,我甚至可以跳一场舞之后再坐下来写。让喜欢的角色中彩票,让讨厌的人都变成猴子,毫无逻辑,胡作非为。

我仍然要研究吃食,所以还得好好保护我的牙齿,听说戴了假牙之后的滋味会少了许多。我喜欢的食物里有太多需要牙口的东西了,蚌类、蟹类、脆生生的苹果和全是果汁的冰棒。如果不想做饭的时候,就点外卖,加许许多多的辣椒,直到把嘴都吃肿。

我要保留一些想要探索和体验的项目给老年的我,如果最终都没有机会实现,那就当成更高级的遗憾带进坟墓里去。但老了之后的我不这样想,沿着这些空白去往遥远的地方,坐飞机的时间很长,腰酸背疼,在夕阳里骂骂咧咧。怎么这样难至的天涯要留给一个老太婆,恨不能写一张时光便条,再裹上一块小石头,用扔铅球的姿势扔进时光隧道里,将年轻时的我的头打破。那纸条上写着:不要等待,向真正的孤独狂奔,向真正的自由狂奔。

我还要继续捉弄人,我要告诉年轻人们,老了好可怕,所以千万要把握好时光。说这些话的时候，我会故意把我的右手抖动得厉害，将水全洒在别人身上。如果遇到了看着很顺眼的好孩子，就偷偷告诉她，老了也有蛮不错的地方，比方说，刚才我是故意的。

我要把对于细小快乐的喜爱摆在脸上，把对庞大欲望的鄙视也全都摆上。因为我老了，老了说话总是有道理的。人生的结局一点都不重要，最后的一刻是否凄凉，我根本不在乎。因为我记着太多事情了，我的脑袋里被塞了太多月升日落、深海波浪这种没什么用的过往。

我要歌颂孤独，因为我还是我，我只是我，我感受我，也表达我。对于他人给出的"绝对理解"的追寻，本身更加寂寞。但你越早触摸到自己的灵魂，越是能够打破这种令人乏味的纠葛。所以我总是孤独的，那又怎么样。

这样想来想去，真有意思，衰老究竟是怎么一回事变得更不清楚了。为什么我们总是无法看清衰老的本质？因为我们原就一直走在这条道路之中。慢慢老去是一种宿命，但随着老去，拥抱更重要的东西是附带的礼物。我甩开胸罩，甩开凝视，甩开评价，甩开那些从来都不属于自己的面具和外套。如果内核里的自己能够放浪舒展，那么皮肤的紧缩和粗糙也或许会充满奇异的魅力。

当然，还有更好的消息，这一切，并不是老去的特权，只要你愿意，随时都可以开始。

乡间小路

可以看见海

树影婆娑

下坡，好自在

深秋的红叶

很多美丽的树

天气晴朗的时候可以直接看到富士山

一只叫小黑的猫

天气好的时候，在院子里看书

邻居奶奶送来的甜品

骑车去遛弯

穿行每一条小路

08

梦境

　　我开着车在一片荒野中前行，似乎已经这样走了很久很久，久到根本想不起来这趟旅程是如何开始，也完全想不到它会如何结束。一切都陌生而熟悉，云朵都升到非常高的高度，完全不是依稀的少时记忆中的触手可摸的低矮，高且远。每当车子往前移动一些距离，那些云就同步向后快速退去，持续挂在天边，而天边也很远。这是一辆底盘很高的车子，抬一点头就能轻易看到前路。前行之路是压实的土路，路两侧的旷野向两边无限延伸。长着低矮的植物，带一些灰土色的浅绿色，紧紧柔软的趴在地面上，形成一簇一簇的形状。

　　路不算平坦，也不崎岖，会有节奏地产生一些震荡，令人一直清醒着。车前窗玻璃覆盖了一层薄薄的尘土，还有一圈雨刷器刷出来的干净的半圆。车窗摇下来，气温是舒适的，有风，很软的微风，慢慢涌进来，再从后窗一点点兜出去。方向盘很重，需要稍用一些力气扶住。我瞄向后视镜，看到后路被带起来的尘土遮住，一片茫茫。我仍然不知究竟是要去向何处，但生出一种前行的信念：一直这样往前走，或许就是对的。反正也并无选择，不妨就向前探一探。

风突然大了起来，我拉上外套的拉链。拉链小小的扣环上挂了一只磁带形状的挂坠，是老式的卡式音乐磁带的缩小版本，十分精致。外套是旧而温暖的橙红色，粗呢的布料，穿了很久才会拥有的将破未破的质感，令人产生非常眷恋的安全感。我低头看了看下半身，是一条颜色发深的牛仔裤，很久没有洗过的样子。脚上穿了一双棕红色的靴子，其中一只的鞋带已经磨损，露出了毛毛的线头，它们被打成了很潦草的结扣，充满了根本不理会脱靴子的时候要怎么办的洒脱手法。

这样走了很久，什么都没有改变，温度，天气，以及太阳的角度，都没有变化。我渐渐自迷糊的状态中清醒过来，我知道快要到了。快要到哪了呢？未知与笃定几乎是同时出现的，这真有趣。差不多在一个非常短暂的时间内，太阳钻进了前方遥远的云层之中。我非常明确我看到了这个动态的全过程，那些云闭合在一起，太阳也快速地下落，恰到好处地完全躲了进去。然后乌云凭空密集，开始落起豆大的雨点。先是点，后面连成线。

这辆老车的铁皮顶子在雨中仿佛一个移动的破旧铁筒一样，响起轰鸣的"噼里啪啦"的声音。雨线太密，什么都看不清，我放慢车速，尽量看向远方。前方有一个小小的影子，再往前开，看得更明白，是一个小女孩的背影。她在雨中很快速地行走着，穿着蓝色的裙子，扎着短短的马尾。她的身后有一个推着自行车的男人，在朝她怒吼。我加快车速，开到她的面前，探身打开车门，她停下来看着我，已经浑身湿透，水自两侧的碎发的尾梢成串地往下滴。我没有说话，只是看着她。她停顿了几秒钟，坐上车来，车门还没关上。那推自行车的男人突然狰狞起来，整个人的衣服被狂风刮起，形成蝙蝠一样的造型。我越过女孩去关车门，碰到她冰冷的手臂。那男人还未追上来，我踩住油门，将他甩在了雨幕之中。

车里很吵，全是雨水敲砸在棚顶的声音。天色渐渐阴沉，我想起女孩冰冷的手臂，突然有些毛骨悚然。在这样一个荒谬而空荡的世界里，我根本不知她是人还是鬼魂或者是幻影。正在这样想着，她开口说话："我们要继续往前开，要去找一棵大树下的房子。"声音非常的真切而充满温度，莫名令我心安。我示意她翻去后座找一条毛巾或者毯子，我知道后座那堆乱七八糟的东西里一定有我们此刻想要的任何东西。她反过来趴在车座上，俯身过去找，抽出一条蓝白方格的旧毯子裹在身上，并用手扯起边缘开始擦头发。

很快，我就看到她所说的房子。在一棵巨大的树下，那树上开满深粉红色的丝状花絮，很密，远远看，仿佛一棵粉红的树，驶近才知道是开满花。那树下有一栋小小的房子，我停下车来。那女孩拉开车门，裹着那张旧毯子下车，看向我，满眼都是泪，一言不发。那栋房子的门不知被谁推开，有鲜血一样的水流自里面淌出来，逐渐变得汹涌，张牙舞爪向这辆车漫延而来。我突然产生不应该把她留在这里的冲动，这流着泪的瘦小的哭泣的女孩，她并不属于这里。我拍拍车座示意她上来，她很惊喜，有种不敢相信我发出了这种邀请的表情，略有停顿之后，就蹦上车来。

梦境

我们再次上路之后，雨渐渐停了下来，有晨曦一样的淡光浮现在远方，在这根本不分日夜的世界里。"为什么那房子会流血？""谁知道呢，人活着，就是会看到许许多多莫名其妙的事情吧。""我们要去哪呢？""我只是觉得不应该把你留在暴雨里，开到有阳光的地方再说吧。"我能感觉到，这里的天气不是随着时间变化，而是随着地理变化。下雨的地方永远在下雨，而晴日的地方也永远有太阳。植被开始有些变化，低矮的植被被甩进了雨中，开始有树木。风却还没停，在林间穿行，树顶都在向着同样的方向倾斜，叶片不停闪烁，是阳光，阳光照耀在叶子上。我们的车经过了许多偶然闪现的陈旧安静的建筑。

"我杀了一个人。"那瘦弱的少女突然说话。我快速看她一眼，又快速把头转了回来，因为我并不想打断她的话。"我在梦里杀死了一个人，或者说是一个模糊的人形生物。于是当我再次回到梦里时，我总是被追赶，然后周而复始地回到那棵大树下的房子里。然后被血淹没，之后才会醒。""所以你是说，你正在梦里？""是的，但我杀死了一个人，是在梦里，我是一个凶手。""在梦里杀了一个人，我不确定，到底能不能定义成凶手。但既然是在梦里，我也一定在梦里吧。""我不知道，我是第一次在梦中遇到你。""你总在那场血泊中回到现实吗？""对，我醒来的时候，总是觉得浑身湿透，非常可怕，像永远不会结束的咒语。""那就换一个地方醒来吧，也许就从那场噩梦中逃离了。"我继续开车，想要为她选择合适的梦醒之处。她把那张蓝白方格旧毯紧紧抱在怀里。

这是梦境之中吗，为何我从未感觉自己身处别人的梦境？也许这是一片梦境交融之地，所有的梦境故事都发生于这个世界。那些可以交融的会汇合在一起，我又会怎么醒来，为何她能记得自己周而复始的重复，而我却觉得自己从没离开过这里呢？这一切都是问题，但目前都不重要，我要为她选择一个梦醒之地，先解决眼前的事，反正关于自己的总是一团迷雾。

我们一直开，路面变得平坦，车子发出有序而细小的压过路面的声音。那些树是有生命的，我越来越确信这一点。因为它们开始舞动，发出呼呼的响声。突然一只海鸥从车顶飞过去，红色的尖嘴，白色的巨大身体，毫无疑问，那真的是一只海鸥。紧接着，就听到涛声，闷而清晰，那些树木向旁边撤退，扭动着树干。是一片海啊，这里很不错。我们走下车，那少女向前跑了几步，追着盘旋的海鸥。她的蓝色的裙子早就变得干爽，在海风中飘荡，散发出薰衣草一般的味道。

"那我的梦呢，会在哪里醒来？""继续往前开吧，会醒来的，当你想要醒来的时刻。"她突然挥起手臂，像跳舞一样，拉起裙摆，在海水的边际线上转圈，渐渐舒展轻盈，变成了一只鸟，向空中飞去。海水随着她的飞走渐渐退远，露出空白的沙地，海浪声变得小而闷，进而消失。那片海也一并消失了，我确定了，这果然是个很不一般的世界。我蹲下来摸了一把地面，是粗糙的沙砾，用手指搓起来的感受格外真实。那种感觉非常奇妙，因为绝对的真实感，令人产生是否梦醒也并不重要的心情。

忍不住向上跳起，原来这处的引力也似有不同，我竟一蹦飞起两三米的高度，然后又软绵绵地降落下来。我就这样在一片海退去的时间里，一直如飞一样弹跳，直到筋疲力尽。回头看我的老车，它似在说话，催我快走。于是再次一个人上路，那空空的副驾座上放着被揉在一起的毛毯。孤独吗？好像也不，我真是喜欢这样独行在路上的感觉，自由而专注。

这美妙的余味还未体验足够，一切突然更改模样。天气在一瞬间阴沉下来，越来越黑，没有灯光。我找不到车灯的按钮，只能在一片彻底的漆黑中，减低速度，缓慢前行。嗅到一丝危险的气氛，说是嗅到其实真的准确，因为空气里的某种味道，穿透这辆充满空隙的破车，钻进来，充斥于整个空间，将我完全缠绕。是一种什么东西被烧到焦煳的令人反胃的又呛又憋的味道，令人崩溃。还来不及太久地把思绪停留在味道上，车身便开始剧烈摇晃起来。我终于摸到一个方形的按钮，用力按下去，车前灯令人不安地闪烁几次后终于点亮。有了亮度之后看到的一切，都令人后悔，还不如停留在黑暗中。

一些黑色的暗影，如火焰一样不断变幻着形状，它们似是无形的。但是它们又聚集围绕在车身周围，不断地撞击，令车子在前行的过程中来回扭动。我用力地把住方向盘，手心出汗，根本判断不出现在是什么情况。它们在用外力，将我向前方更黑暗的恐怖角落推去。心里的恐惧已经超过了承受的极限，我猛力踩刹车，无济于事。继续待在车里是不是正确的，突然不确定起来。人在极度害怕与慌乱的时候，也许会做错误的决定，也不想管了，这种不受自控的形势实在会让人发疯。我用尽全力撞开车门，那些黑暗的半透明的阴影立刻全部聚集过来。

外面的焦糊气味更重，令人喘不过气来，气温也极低，冰冷的空气灌进脖子里，不由得打了一个冷战。我如一个精神残疾一样闭着眼睛跳下车，开始飞奔。谢天谢地，居然在三百米左右的位置看到一栋小屋，它原本就是在那里吗？不管了，总比这里好得多。我需要用力咬紧牙关，才能防止牙齿打战，手已经冻得僵硬。我能听到那些火焰形状的魔鬼正在推搡我的汽车，似乎里面有它们想要寻找的东西一样。借着车灯晃动的微弱光线，我回转头去看。有一个女孩！她蜷缩在路旁的树下。她也正好抬头看我，看到她的眼睛的瞬间，我知道她并不危险。我冲过去，拉住她的手腕，她的整条手臂都细到令人诧异。显然，我吓到了她，她发出急促的尖叫。那些无形的暗影也听到了，它们抛下车子，开始向我们的方向飘来。我管不得太多，只能用尽全力拽起她奔跑。

在这样奔跑的过程中，我突然产生似曾相识的感觉，那种全力想要逃离一个环境的心态，如此熟悉，却又想不起来这种犹如记忆深处的片段究竟发生在何时何处。似乎也是一个深夜，似乎也充满这种味道，似乎也有无边的黑暗。我开始分不清，我脑袋里的零碎片段更像梦，还是现在这种可怕的，不正常的，脱离现实的鬼境更像一场梦。我甚至开始产生一种更加荒诞的推理，也许我根本是一个精神残疾，此时正睡在某个充满了消毒水味道的空白的房间里，有柔软的墙壁和床垫。自由被没收，只有一扇小小的窗户在伸手也够不到的位置上，青白的光线施舍一般流进来一些，但不够明亮，令人绝望。

我们很快跑到门边，开始猛力地拍门，那是一道金属的大门。拍击的时候，会发出"咣咣"的巨大响声。那些暗影越来越近，我听得到，因为它们的靠近卷起了一阵长风的声音。就是无人山谷中冬天的狂风呼啸而过的令人毛骨悚然的鸣叫。那烧焦肉体的令人作呕的味道也随之越来越近。我的胃里翻江倒海，开始更剧烈地拍门。手掌拍到门上产生的共振令手腕挫痛，沿着胳膊一路传到肩膀的位置。终于，门开了。我拉着那个女孩，屁滚尿流地冲进屋里,回身将门重重地关上。那些狰狞的黑影都以细长如尖矛的形态试图从门缝里插进来,还好在那最后一刻,我几乎是全身扑倒将门关上。门与门框撞击产生的轰响,令我耳鸣。

很久很久,我才缓过神来,环顾四周。有一位老人,坐在摇椅上,年纪应是很大了。满脸沟壑,戴着一顶粗布帽子,穿着深蓝色的毛呢上衣和黑色的裤子。她的手上拿着火钳,坐在壁炉的旁边,刚刚添过木柴。她的手指甲里有一些炭灰,手背上也有污渍。其实我并不明白究竟是谁打开了那扇门,看起来这屋中只有这位老人。情形太混沌,以至于虽然点着火炉,但这房间并不使人温暖,但至少暂时让我感到相对安全。

我这才顾得上看一眼我搭救的女孩,她抱着一团东西,抱得非常紧,整个人呈现蜷缩的防御姿态。她抬头:"我不能待在这里,它们要抢走我的东西。"因为那充满恐惧的眼神和姿态令我甚至不忍心询问她怀抱的是什么。"你必须交给它们,否则你将永远无法醒来。"那老人突然讲话,声音低沉喑哑。"不,不可能,我做不到。"那女孩开始嘶吼,开始向房间一角后退。

我成了局外人,似乎有什么只有我不知道的事实,属于这个世界的事实。"你必须交出去,不然它会腐蚀你的身体,吞噬你的灵魂。"我看向那女孩,她的手臂有灼伤,衣袖是破损的,露出血红的皮肉,有一些水泡和硬痂。她是谁,我这失去了所有记忆的脑袋突然开始运转,我认识她,或者至少见过她。我走向她,她对我并无戒备,她苍白的脸上布满泪水,眼神麻木而悲伤。其实我什么都没有说,她却仿佛听到了什么一样,开始摇头:"我真的不想交给它们,宁愿……永远……不苏醒……"抽泣声令她说不完整每一句话。"放下吧，孩子，不要留在这里，这不是属于你的地方。"那老人又开口，声音柔和了许多，除去了刚才的僵硬与无情。

那金属门开始传来撞击声，像是突然响起的警报，令人心惊。那女孩瘫坐在地，手臂慢慢放开。手里的东西滑落，是一张薄薄的被子，那被子散落在地上，里面空空如也。又好像有一团透明的不知为何东西，它渐渐消失了。虽然看不见它，但我知道，它真的消失了。一切都安静了下来，这房子也逐渐温暖了起来。有什么改变了，那种凛冽的刺骨的黑暗恐惧，也一并消失了。不是被粉饰、被掩盖，是真正地弥散了。我走到那扇黑色的金属门前，拉开把手，阳光倾泻进来，人都会被穿透的彻底的明亮。我再回头，那女孩已经不见。我刚想开口问，那老人重新躺回摇椅上，闭上眼睛："她醒了，你也该走了。"

我迈步出去，看到几百米远的路上，停着我的老车伙计。它斜着横停着，车灯还亮着，显得有些笨拙。外面早已不再黑暗，很宁静，阳光和煦，仿佛是我进入这方世界最美的一个瞬间一样。再回头，那小屋也消失不见，看来是一定得上路。

我走向我的车，那退去的海重新涌现，在路的一侧，波光闪闪，有温柔的浪纹。而路的另一侧，渐渐耸起，变成高山，是青绿色的葱郁的高山。并不冷峻，看起来奇异，山海相连，中间隔着一条细细的公路。只有我和我的老车。那令人不适的味道也全数不见，取而代之的是海的香气与草木芬芳。多有趣，气味带给人的情绪感如此生动和直接。

我忍不住躺下来，看着天空，流云如丝，一动不动。我渐渐睡着，半梦半醒。原来人在梦中仍然会入睡，还睡得更安稳更投入。待我醒来的时候，那天上的云没有一丁点变化，还是一模一样的形态，我甚至记得哪一朵与哪一朵产生微微的交叠，是时光停滞的证据。微风起，耳边传来咕噜噜的声音，是路边上的圆形石子被风吹得滚动起来发出的。骨碌碌，骨碌碌，仿佛那些小石子原本就有生命。它们自我脚的方向向我头的方向挪动，经过我的耳朵，源源不断。除此之外，再无别的声音。

我非常肯定，这一幕，曾经出现在我真正的生命里。不是梦境，不是臆想，山海相连之间，那些活过来的小小石子，为我奏响活下去的勇气之歌。

我知道，当我醒来，我会忘记梦境中的一切。那些黑暗的，明亮的，不稳定的，和极度美丽的，都将忘记。这样梦境与现实之间，才不至于互相干涉打扰。它们成为两个独立的世界，我们都过着双倍人生，或多或少。梦境中去直面恐惧，现实里才充满力气。这样想着，前路未知也没什么可怕，既然是梦境，想必我也是游魂一样的形态。我翻身从地上起来，突然就想爬上路旁的山岭，没有犹豫，我走向那山。

它并不险峻，有楼梯一样的根蔓。不记得爬了多久，终于登顶，豁然开朗。山顶竟是开阔的平原，生长着一片花海，绚丽蓬勃，在风中摇曳。打从内心深处松了一口气，觉得似乎是来到这个世界之后的第一次真正的，深深地呼吸。

有一匹马在花海中央，它英俊挺拔，是金棕色，皮毛光亮，鬃毛看起来茂密极了，在风中与花朵一同舞动。它侧身站着，我可以正正看到它的眼睛，它在注视着我，我很确定。我走向它，听到粗重的，甚至有点浑浊的呼吸声，它不属于这个世界，更不属于现实世界。它是一个鬼魂，不是形似鬼魂的东西，也不是这世界里模糊不清的存在。而是真真正正的鬼魂，从现实世界里死亡，而设法进入了别人梦境的鬼魂。我骑上它，它开始奔跑，在鲜花中奔跑，风开始唱歌，交响乐一样澎湃的歌。突然恍然大悟，原来如此，我们认为离开之后就残忍消失的人们其实都来过梦里。活着的人们不记得的原因，是因为并不都是以本来的面貌出现，出于某种更加温柔的悲悯，以风的状态，以花的样子，甚至化成一匹健康强大的骏马，来到梦境之中。

也许那些数不清的花朵也皆是鬼魂来入梦，只是入的不是我的梦，所以我听不到它们讲话。

我俯身在马背上，抓紧那些飘荡的鬃毛，因为速度很快，而我们进入密林。是树种繁茂的丛林，不规则的各种树冠像巨大的花朵一样绽放在空中。马很机敏，与许多树干擦身而过，落下一层不同颜色的树叶。我们来到一座金色的池塘。

这池塘不大，我可以轻易环顾四周。有一位老人正在散步，她穿着绿色的夹棉衬衣和金色丝绒裙子，很乱来的搭配。但她的神态是快乐的，不时地将眼睛眯起来看流金般的水面。那好笑又逗趣的表情莫名令我将她认出来，不可思议，但这个地方发生的一切又有哪一件符合常理呢。那个人，是我自己。她仿佛也很满意我的速度，很欣慰的样子。她背着鼓鼓囊囊的小包，里面真不知道放着什么奇怪的东西，可能是几十年来积攒的所有诸如今日的梦境。

我隔着这座池塘呐喊："嘿，我自己！你在这里干什么？"

梦境　197

她从那小包中取出一只纸飞机,助跑两步向我扔过来。我很满意这个年纪的自己,居然还能完成助跑。那纸飞机充满灵性,于池塘上方兜兜转转,又腾空盘旋,又贴近水面前行,非常逍遥顽皮。它终于落在我前方的落叶堆中,我走过去,干燥的叶子发出清脆的被踩碎的声音,散发出热松饼的香气。我拿起它来,里面有字,是折得非常简单毫无技术可言的三折式小飞机,捏住翅膀一拉就能展开。

上面有再熟悉不过的字体:快醒来吧,去过年轻的人生。

手机就可以拍到夜晚的星

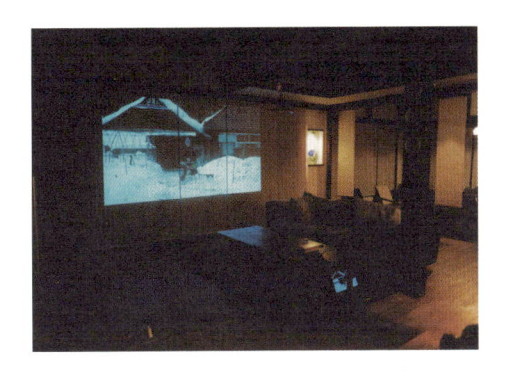

入夜在家中看电影

在院子里放小烟花

浅米色的屋顶伴有暖棕色的木头装饰

蓝调时段

太阳落日,屋里却格外明亮

窗外有美丽的色彩

两面墙的落地通顶玻璃窗

梦境

09
住进森林里的日子

总觉得人生中似乎总是发生一些不可思议之事。买到这栋森林之屋算是一桩，还有许多。

我曾生出过结束生命的念头，在一个凌晨四点的冬日早晨，人在绝望崩溃的边缘，看到屋里突然撒进鲜花。那光如此强烈，穿透白色帘布塞满整个房间。拉开帘布，唰，影院关灯，戏剧上演。看到玫红色的令人惊叹的天空奇景，自头顶向天空蔓延，泪水喷涌而出，仿佛听到神明的安慰之声。

在浪里行船的时候，总忍不住回忆往事，也许曾用"漫漫人生，需劈浪前行"为长旗上的口号，所以坐在船头，无法不去回溯挣扎过的苦海。突然听到奇妙声音，原来有鲸鱼一家人全程跟随。它们不断跳出水面，掀起美丽的水浪，自然多美妙，令人释怀苦楚。

车子陷进沙地之时，坐下来，看到无速流行的云海和一只俯冲的飞鸟衔着淡黄色的小花。茫茫大漠,哪里来的花朵,那花朵又偏偏慢悠悠飘落于我的手心。冥冥中的点拨,自有我这渺小人类想不通的玄妙和魔法。那花儿水灵完整,轻盈又郑重。

诸如此类。

其实想,这旋转的星球应是一刻不停地持续发生着所谓不可思议之事,只是常被人忽视。而艰辛孤独的岁月仿佛一个暂停键,令人驻足,令人凝视。于是,耳聪目明,沐雨栉风,心无旁骛,心灵长出触手,一点一点向外摸索,翻开粘连在一起的故事之书。

这栋森林之屋于我而言,似乎超脱了一部分遮风蔽雨的屋舍功能。它的意义在于独立存在,专属于我。有一天的下午,我躺在屋子的中央。木地板是松木的,因为质地柔软,充满了生活痕迹的划痕。那样躺着,稍微侧头,可以看到一道道浅浅的凹道。有的陈旧一些,颜色已经统一,是奶奶与她的人生留下的。有的稍显新些,颜色比原本浅点,是我与我的人生留下的。它们交融错叠在一处,又分开,又汇合。

那样躺着,仿佛这地板变作柔软的网,身体的某个部分可以往下慢慢沉降,被稳稳兜住。转过头来看着天花板,天花板设计得非常丰富有趣,粗而原始的黑胡桃木色的梁体成为支架,浅米色的屋顶,伴有暖棕色的木头装饰。有的部分低一些,有的部分高一些。挂着不同的灯,风格大大不同,但归在一间房里,又十分和谐。有金色的华丽吊灯,有白色带转轴可升降的工业风金属灯,还有泛着波浪边缘和黄铜灯座的玻璃灯。那玻璃灯的吊绳已有些微微开线,从原本紧绷的状态转成松塌塌的样子,有一些旧意,也因这份旧意增加了不一样的美态。

我常常这样躺着就睡着，偶尔会做一些梦。是否有人同我一样，对于梦境总有难释的迷恋？所有的梦境皆模糊而绵长，时间变得可长可短，有时转瞬一生，有时一夜才得见一个刹那。那天就有这样一个梦，我梦见我真的回到童年，带着成人的意识。我在比现实中更宽广的小学校园里的操场上站着，烈日当空。操场的地面还是沙土质的，用脚轻踢，会飞起一些沙尘。醒过来的时候，天色已暗，这屋子有两面墙的落地通顶玻璃窗，傍晚的蓝色时段天色深邃，树冠都变成美丽的深绿色。我坐起来，穿着纯棉的睡衣，袖口的位置还织了一些小小的棉球。用手去抠摘了几下，指尖摸到袖口的布料，感到所处人间的真实。真好啊，我有一个完全属于自己的地方，没有什么人在这里，甚至没有除我之外的另外一种思想在这里。我可以认定这世界中所有事物的价值，如果我高兴，我可以把夜晚当成早上，也可以把地板当作床铺。这是一个完全个人化的领域，由饮食、睡眠、思考、阅读、反省、感受和任由念头从荒诞的种子长成参天大树的任性组成，而灵魂安居其中。

有时我观察自己的身体，这女性的身体，会一次又一次地重新意识到自己是一位女性。我当然不至于混淆性别，但对于女性的认知，却认为再多也不为过。女性的身体如此散发谜团一样的气质，柔软又刚强，可以孕育新的生命，也会经历无限的创伤。这本身就像一个庞大的宇宙，内部充满自我运行的章法和能量。但这宇宙的巨幕往往并不是自出生便上映，总有意识不到自我之时。那时躯体只是躯体，情绪也只是情绪。而当我们从一场场梦境中醒来，在一轮轮风暴里挺住，在一次次变动中被撕裂，那无聊的保鲜膜被狂风吹去。内在的野兽终于咆哮，灯光点亮，无可依靠也不必依靠的女性之路启程。

我有时看这栋森林木屋，会莫名觉得，如果它也有性别，它应也是一位女性。它如新如旧，布满伤痕。但它明亮温暖，无论晴雨。它滋养着安居其中的人，也被人滋养。它永不改变，仿佛大树扎根，终有一天可以被时间腐朽，化作森林的养料。它不属于任何人，哪怕在我的人生里，它或许短暂地属于我，但当我消失于时间的长河之间，它却仍能附带着我的一部分，继续安宁。它自一个美好女性的手里，流转到我的手里。

其实买这屋时还有一个幸运点没有坦白，便是我用了低于市场许多的价格购入。连那几个客气过分的中介人员在踏入这房子内部的时候也难掩惊讶。因为这房子太精致太美丽，造价昂贵，设备齐全。那时髦的前屋主奶奶没有任何要求，只要看一眼买房人在屋内的照片。至今我都觉得幸运，坐了飞机再转了火车后头发出油、素面朝天的我，直愣愣站在屋中的手机照片就这样令她下定决心，就此托付。

住进森林里的日子之所以珍贵而可爱，不因为这栋屋，不因为草木，不因为阳光，狂风和雨水，也不因为时间。是因为思想这种无形无味的东西，在这里如藤蔓植物一样肆意生长，没有限制，随心所欲。于是，我开始试着在身体内部也修建一栋木屋。用所有体验过的往事铸成工具挖出深坑，打好地基。再由那些爱啊恨啊无可避免地汹涌的情绪添砖加瓦。还要种上数不清的灌木和树苗，把梦中的动物也都邀请过来。这样便好了，无论身在何处，我都有木屋可归。我的木屋我将拥有绝对的设定权力，就令它永远都是明朗舒爽的春日中午，花朵们统统都绽放，在细风中微微颤抖，在阳光里明亮而透明。厨房里还得永远炖着热乎乎的豆腐锅，再往里加一些杂七杂八的喜欢的食物。热水壶里满满的热水，被子都是香软蓬松刚刚晒过太阳的。多么完美的一个冥想空间，当我闭上眼睛，就来到这里，苦难整理好变成一本书摆在柜子里，快乐更轻巧就充进气球中，拴在门外的树枝上。摸得到内核，那即兴过人生的本事就再次被维系。

这木屋还总是多话，提醒我这，提醒我那。我这样抱怨着，心里总是感激的。只是不想显得太婆妈，嘴硬一点更加潇洒。夜里出了院门，其实是有些可怕的，漆黑一片，除了风声再无其他。尤其是一个人的时候，难免觉得神秘而叵测。但抬头见星，侧耳听风，这样的体会令人苏醒。已经多少年关注不到如此神圣的生活细节，我们坐在灯光明亮的车河之间，穿行于嘈杂纷扰的文明之声里，鼓起勇气成为一个合格的人。而在推开这扇玻璃门，带着一些畏惧之心，抬头仰望，"人"字后面慢慢浮出隐形的"类"字，普通的渺小也沾染了些自然的神性。

它不只说了这些，还令我更加分清爱与欲望。渴望拥有一件衣服，渴望拥有一个花瓶，渴望拥有一个人，渴望拥有一段稳定的关系，渴望拥有成功，渴望拥有预言的本事，这些都是欲望吧。而爱却不同，爱星空却摘不走，爱清风却挽不住，爱黑夜但天总会亮，无论爱春、爱夏、爱秋、爱冬，四季照样更迭。爱雪会融化，爱雨会蒸发，爱人就不要盖住自由，爱自己也别吝啬向痛苦敞开心门。因为有了前屋主奶奶的慷慨，我常常看着这屋，觉得它仿佛属于我，但我却永不想要独自占有它。这一切我都会好生爱护，只为了将来的某一天，由我来当那慷慨的送礼人。其实何止这屋，平生的一切都是如此，我们仿佛当铺的经手人，短暂地共处，长久地失去，才是清洁好时光。

住进森林里的日子

这木屋的附近有一座小山，从院子里可以清楚地看到整座山的轮廓，它们之间距离很近，骑上自行车不到八分钟就到山脚下，走路也不过半小时。夏天的时候，我登上山顶，在上山的缆山上坐着的时候，我就想，等一下从上往下找一找我的木屋和那一小片森林，一定非常有趣。山顶上长满翠绿的蒿草，在耀眼的日光中来回摇晃。转了一个大大的圈走到正确的方向，朝着房子的大体位置望下去，想要找到它。但拉长了眼光瞅了半天，徒劳。那于我而言独特醒目的木屋隐身于树丛与屋群之中。啊，原来是这样。这就是宇宙的真相。庞然大物也是尘埃，总有更壮阔的存在。但我知它自己毫不在乎，因为它栉风沐雨，无欲则刚。

骑车回家的时候，到了门口，又听到它啰唆。它扭动木质的身躯，发出沙沙的响声，说着：你并不特别。幻想自己是特别存在这回事，有好有坏。经历实实在在痛苦的时候，告诉自己特别的事发生在特别的人身上，以此抵抗灾难。但幸福入画之时，也跟着学坏了，这一刻这般美好，一定是上天单单对我的眷顾。其实通通都不是，眼里的世界太小，看到的东西就像被魔道放大的幻象。

当你允许灵魂顺着那无限疯长的藤蔓登高一些，再高一些，便会恍然大悟。所谓惊涛骇浪，其实只是浴缸里的水花，不必害怕。而生命的馈赠是巨大蛋糕上的小小果子，安心享用就好。

这感触真让人开阔。

令我想要站在山顶大声喊：我爱你。

至于这个"你"是谁,是否是一个人类,又或者并不是一个具体的存在,都可以。

爱着"爱"本身,是住在森林里的日子教会我的诗意。

玄关的拖鞋们

可爱的猫头鹰挂钩

充满阳光的屋子

柔软而老旧的沙发

一栋被时光滋养的木屋

屋里屋外都是木色

泛着波浪边缘和黄铜灯座的琉璃灯

院子里的木栈台

被摸挲到油润的木椅子

清晨的卧室

复古吊灯

大室山顶

绿色的山沿

抹茶一样的山

总有木屋可归

每年初春,村中樱花开放

试着在身体内部修建一栋木屋

番外篇

买房的姑娘：

你好啊。

还好我的体格还算康健，手指还是灵活的，于是难免会唠唠叨叨写出一篇长信。当然，如果你没什么耐心看下去，就直接揉成一团，丢进垃圾桶，记得瞄准一点儿，空心入篮。如果你正闲来无事，又想知道更多与这栋屋有关的八卦闲事的话，看看也行。

你一定很奇怪为什么我一定需要你站在这房屋的中央拍一张照片吧，这样的行为多么古怪。因为我当年也有这样一番经历，想来，就成为这栋屋的传统也是不错的。逐渐令这莫名其妙的规矩变成一个森林传说，也算是某种恶作剧达成。与其讲为这栋房找一位买主，不如说为它选择一位老友。所以价格低于市场那样多，且一并附赠了所有的收藏爱物。不用担心，这并不蹊跷，因为对一个像我这样的老太婆来说，洒脱一些益强身健体。钱财之类啊，终于兜兜转转真正成了身外之物。

为什么愿意卖给你？你一定会想问这个问题吧。谁知道呢，或许是因为你短短的头发有一侧翘起来了，感觉有点潦草。我听载你过来的中介说，你整个车程里都叽叽喳喳，吵得人头疼，而我这帮漂亮的老伙计啊，应该是最熟悉这样的个性，肯定可以相处得不错。

你那年轻的面目实在是粗糙又生动，那一头乌黑的粗硬头发也不太听话。还好我在这种年纪里，也莽莽撞撞，咋咋呼呼。不然很难不跨着岁月对你这样的小年轻产生一些妒忌。好啦好啦，我承认，还是有一点的，但是只有一点儿。更多的是祝福，希望你也能听到窗外那片森林的风之语，它们将不断向你吹送自由的讯息。还有雨声，下得大起来的时候，会在屋顶发出交响乐一样的磅礴之声。我很喜欢泡一杯热茶，坐在餐厅的大桌子前认真地听一番。它们有时是砰砰砰，有时是哗啦哗啦哗啦，还有时会像许多人轻轻敲起了小鼓一样齐刷刷的。

几十年前……居然已经几十年了吗？时间这东西，真是越活越捉不住。一个晌午觉的工夫，几万天就唰唰流过。刚刚搬进来的时候，邀请了一大堆朋友来。我们就是坐在这张大大的桌子边，围成一个圈，喝了许多酒。还在半夜听到烟花绽放的声音，一群人乱七八糟地跑出门去，正好有一朵浅蓝紫色的，在头顶绽开。它发出细细的闪动，像是无数的星。我还记得那一群朋友年轻时候的模样，还有飞舞在冬夜风中的头发。大家都那么快乐肆意，连哭泣声都是年轻而有力的。我想，那一刻的我们都留在了那一刻，没有衰老，也没有走散。真是不晓得跟你说这个做什么，实在是太久没有提笔写信了。拿起笔来，笔尖和粗而米白的厚纸接触，发出沙沙的声音，这味儿才对。我都想不起来，有多久没有用笔头写字了。写着写着，笔水不太够，看来从抽屉深处翻出来的这支笔的生命也快要完结了，就像我和我的故事，都要走到终曲结尾去了。

说到没了笔水的笔，不得不和你交代一下这栋屋里的物件们。这栋屋的洗衣机恐怕也是不中用了。不知道你是怎样的，我有一个奇怪的爱好，就是喜欢听洗衣滚筒转起来呼噜呼噜的声音。它现在时常卡住或者停止，我一直不舍得换掉，敲敲打打地凑合用着。实在是不方便，有时也令人窝火，对你来说，肯定是需要换一台了。在这栋屋生活，不用怕衣服脏了污了，扔进洗衣机里洗干净就好。所以一定要去拥抱草坪，外面院子里的草坪非常细软，穿着薄袜子踩上去，仿佛踩在厚绒的老地毯上。偶尔也会踩到鸟屎，那真是没办法，这并不经常发生，所以不用太担心。脏了不怕，旧了也无妨，毛衣起了小球也没关系，看起来往往和斑斑驳驳的松木地板更搭配。这屋里四处是旧物，它们来自地球各处，若要把每一个的故事都说给你听的话，恐怕看护我的小姑娘们又得嫌我把自己累倒了。

所以我产生了一个好主意，不如你来编排属于它们的故事如何。比如餐厅上那盏花朵一样的白色琉璃吊灯，就当作是你从某个西洋小国家的某条小巷子深处，发现了一家老老的小店。里面坐着个老太婆，就像我一样，老得数不清具体的岁数了，还穿着绣着蓝色花朵的大裙子，里面套着牛仔裤，踩着软麂皮的靴子。然后你就看到她身后挂着的这盏灯，千求万求才把它买下来。漂洋过海地带回来，装在了你的餐桌上。还有挂在客厅的木头饰品，那是你在一次旅行中不小心进入了一个土著部落。谁知道语言不通的情况下，居然交到了一大堆朋友。你们吃了烤肉，喝了用树叶卷起来做成杯子盛的酒之后。你起身告别，那首领将这饰品赠给你，于是，又坐着长途飞机带回来，用细细的小铁钉挂在桦木板的墙上。怎么样，不错吧？这屋里的小物小件实在很多，每一个都非常有趣，供你胡思乱想、天马行空的空间大得不得了呢。

门外的两辆自行车也给你了，电池都帮你换了新的，老太婆我还是很贴心的吧。出门骑车右拐再右拐，就会到达一条长长的下坡路。一定要捏着车闸，不然会飞起来。我的许多个朋友都因为没有提前警告她们，而摔倒在地过。但不是吹牛，我在你这个年纪可是从来不捏闸的，我的速度极快，有时甚至会超过小汽车。风都呼啦啦地从耳边掠过去，空气都是甜的。虽然没有让你也做这样危险举动的意思，但我看了你的照片，几乎可以肯定，你一定也是个下坡不减速的莽姑娘吧。那就在早晨很早的时候出去试试看，一定要趁那些像我一样觉变得稀少、一大早就出来遛弯的老头还没有醒来的时候。天刚刚亮，没有人，也没有车，只有鸟儿和蝴蝶。你甚至可以站起来，就穿着你照片上那件柔软的衬衫，风会把它灌得满满当当，像松软的面包一样。风儿会从领口穿进去，抚摸你的背，然后用力推你一把。仿佛在和你说：继续向前冲吧，年轻的人儿。

院子的东南角有一棵大树，为了让你少走弯路查来查去，直接告诉你吧，那是一棵橘子树。你现在应该走到窗边去看它了吧，对，不用怀疑，它确实很高大很粗壮，跟邻居们院子里那些圆墩墩、一坨一坨的家伙看起来不太一样。但明明白白、毫无疑问的，它当真是一棵橘子树。不信,待到结果,起风之时,你站在院子里去盯住看。恰好风儿吹起叶片,也许会露出来一两个果实也没准儿。这一处区域还有很多樱花树,每到春天,道路的两侧全是粉色的树冠。一丛一丛、一树一树的,繁盛而美丽。一定要从车站一路走回家一次,遇到了樱吹雪的时节,那些轻轻柔柔的花瓣会像细雨一样飘下来。它们会粘在你的头发上、你的外套上。当你回到家里,吃晚餐的时候,会突然不知从哪里掉落下来一片,落在你的饭碗里。就那样,把春天不知不觉带回家。

真是不错,哪怕岁月漫长,但不变的东西皆是不变的。樱花树总是年年绽放,晚星也夜夜明亮。那些美好而自然的永恒之物,哪怕我再想也带不走。于是潇洒说一声:都留给你吧。(其实哪里由得我来决定去留舍得这些)

写着这封信的空隙,我去倒了一杯啤酒,是那种酒沫细滑雪白、喝起来非常爽口的啤酒。你或许会想:这老家伙怎么回事,这样一大把年纪了还喝酒?谁说老了就不能喝两口啤酒了,如果不是这世上有这么多美味的饮食,好喝的啤酒,漂亮的风光,谁稀罕活那么久哟。而今日与我的老伙计告别,怎么能不喝上一杯?还记得我与它初遇的时候,也是在这样的好天气里。冰箱里冰镇了两罐啤酒,是上任房主留下来的。如今我也依样学样地留了两瓶给你,已经冰得透底,不需要加冰块,也非常清爽。当年的我,几乎是一口气就把一罐冰啤酒咕嘟咕嘟,没有中场休息直接灌进了肚子里。这对年轻的我来说,丝毫不稀奇,千杯不醉,区区几口啤酒,简直如塞牙缝的小东西。年纪大了也有没道理的好处,那便是什么话都可以讲了,留在这世上的证人也不多了,还不是由得我乱说,老去之人的记忆就是铁铮铮的证言。当初那一罐啤

番外篇 229

酒下肚，仿佛就与这栋老木屋正式打了个照面一样。如今，将这最简单的会面方式也告诉了你，干杯。

喝完了啤酒，忍不住说两句丧气话。我现在正坐在轮椅上，倒也不是只能坐着轮椅出行了，还是能走的。但是膝盖不太听使唤了，有时候索性就坐在轮椅上。刚才起身去倒啤酒，拿着杯冰啤酒坐回轮椅上时，真是禁不住笑出声来。这是一种什么精神，坐着轮椅闯江湖，真是个令人头疼的老顽固啊。想起年轻的时候，我的裤脚都破破烂烂，鞋子也都脏脏旧旧的，因为我穿着它们实在走了太多太多的路。那些路有的通往现实，有的通往梦境，如果说每一个人一生能走的路程都大体差不多，那么我算赚了不少。今日坐在轮椅上才不算冤枉。看到小年轻们随便就能蹲下站起的白萝卜一样、葱生生的腿，真是想给它们都装上一个美丽的蝴蝶形、黄铜制的发条按钮，狠狠转上几圈，再上点机油，令她们都更有劲儿地走上属于自己的路。每一条路都漫长而性感，充满了五滋六味，唯有都去逛逛，才能老得更甘心些吧。

这一栋屋啊，有时候真是令人有点儿咬牙切齿，怎么也不见它衰败老损呢？我自青年，走到中年，再走到老年，如今终于要将它易主于你了。它竟还是那个样子，就像夏日里第一次见到它的时候一般，玻璃亮晶晶的，草木郁郁葱葱，天空湛蓝，木头温润。它不因我而产生什么巨大的改变，它像夜晚推门而出就能看到的那颗恒星一样，永远温柔璀璨。甚至，它还不知用了何种奇妙的宇宙吸引法则，将你这样一个甩着头发、叉着手臂、叽叽喳喳的姑娘也拉来了这里。我几乎快要遗忘的青春时光，从你那张光洁明亮的脸上似乎都窥见了痕迹。消失和永存，青春与衰老，新生及死亡，它们都是短诗的组成部分，它们拥抱在一起，形成了庞大的宇宙。

所以,并不是我选择的你,而是它选了你。

就愿你在这栋屋中,感受自然,感受温柔,感受平和,感受时光缓动,感受生命蔓延。经历挫败,经历成功,经历抓紧,也经历放手,经历轻舟水中走,经历行过万重山。

干杯吧,敬我的啰唆,敬你的年轻。

一个爱喝啤酒的老太婆

后记

这本书写完于一个非常平常的夜晚。

收尾之前还做了晚餐,是豆豉炒土豆、牛肉丸粉丝汤和青椒牛肉粒,米饭选了精煮整整焖了七十九分钟。冰箱里的乌龙茶喝光,所以冲泡了收藏很久的普洱茶饼,汤色美丽,滋味浓香。吃完晚餐,脖子上冒出一些汗,整个人从里到外都暖和起来。又听了一张音乐光盘,没事找事地画了一会儿画。还有什么事可做,索性把垃圾袋子收了,溜达出去扔了。回来又慢悠悠地套上新的袋子,终于再无别的事可做了。不知为何,就是这样特意空白了很长一段时间才重新坐回工作的桌子,开始写这篇后记。可能是自己都不敢相信,就这样写完了!我在写这本《住进森林里的日子》的时候,常常幻想整本完结,会怀着怎样的心情去写这篇末尾的后记。不出所料,就是平静,无比平静。早已想到是因为从前的经验不断告诉我,这才是最自然而唯一性的情绪落幕式样。若不信,不妨回头想想,是否人生诸多费了心力和时间的事情都是这样结尾？我们以为会收获庞大的澎湃或是激动，又或是放松，再不济也会呼出长长一口气，有一点人为的仪式感也行啊。但并没有，几乎人生的所有短暂的小小冒险旅程的终止都是被平常的日子融化，我想不到任何例外。人生之书轻轻翻页，发出不易察觉的"哗啦"一声。

自己重新回头阅读了一遍，顺便查找错别字。逐字逐句读下来，还以为会有忍不住修改，或是讲明了后悔的段落，竟完全没有。而且更加荒唐的是，并未隔多久啊，怎么竟像一个完全的旁观者一样不断发出"原来是这样啊"的感叹，真是奇妙。大梦醒来，前路还长，我们从现实醒来到梦里过活，再从梦里醒来回到现实，总算是过了双面人生。于是写的时候，我并不把梦当成梦。我很高兴，写出了这些文字，得以令太多故事有了独自飞翔或者远去的清明。

写这本书的过程中，我一直保持了与自己相处的状态。回到伊豆，住在交通不便、只能骑着自行车出门的森林小屋里。冬天的白天极短，四点钟刚过，天就渐黑。我就一个人住在这栋木屋里，每一天的行程简单而重复。早晨起来，拉开窗帘，煮上咖啡，推门出去，在院子里走上许多圈。晴日的时候，晒晒太阳，多云的天气就看看云。然后回到房间，坐在桌子前。没有交际，没有对话，也常常闭上眼睛试图回想那些曾经铭心刻骨的时光，甚至包括一些已经养成习惯刻意回避的岁月。而那些回忆像约定好了一样，皆以模糊光亮的模样重新浮现在脑海里，以至于使我觉得，我并不是这本书的创作者，我是另外一个灵魂的记录者，又或者说是推开了一些锁眼锈堵的大门，看到了什么，如照相机一样悉数拍下，冲洗出来，坦白呈现。中途将完成的部分原稿给朋友们看，她们说仿佛看了几场电影，转场的方式都清清楚楚。另一个朋友说，你那栋木屋里随风飘动的窗帘仿佛也掠过了我的心。

还有更过分的，写到一个灯，我就跑到那灯前去写，什么材质，有什么花边，开关上是否因为摩擦而褪了漆色，等等。写到一扇门也跑去玄关坐下来盯牢，把手怎么旋转，木纹怎么盘旋。中间写到一些邻居的房子，还专门骑了自行车，蹬了半天跑过去，鬼鬼祟祟地往里探头，非要把那些台阶窗框都看个明明白白。中途真是想笑，哪有这样的写字人，活像一个蹩脚的入门画家。于是，总结为素描式写法好了。白描一样地写故事，写情感，写胆怯与勇气，写幻想里的妖魔与救赎。虽然曾经也担心过有些章节是否太过乱来，会否令别人困惑，想：这作者也太扯。但终于还是决定顺着心流去写吧，到底如何又是之后的事了。

但神奇的是，在书写的过程中，却有一种幻术一般的重生之感。仿佛身体里误以为已经丢失或者死去的部分，渐渐结束冬眠，舒展腰肢，甩甩头发，莫名其妙复活过来。就像真的去了一遭广袤璀璨的星河之中，赤身裸体，无念无执。这个敲字的我，仿佛就是那个飘浮于手术室天花板，向下凝视的魂魄。既无法与躺着的人沟通，也不能与来来往往的一切言语，那就写吧。所有的转念和动静通通写下来，一网打尽，毫无保留。

写完这本书，我最要感谢的头一号就是"孤独"，与都市社会里来自心魔的孤独不同。这种由大自然输送至个人的孤独感，构建了一个超现实的摇篮。我比任何时候都更专注地去体会万物有灵这个真理。于是，在写所有章节的时候，几乎都没有卡顿，非常流畅地淌出来一般。当然除了饮食那一章，中途真是写到嘴馋，进了几次厨房。写完葬礼旅行团，我一个人坐在电脑前大哭一场。那些文字背后的省略片段走马灯一样在心里转了几圈。所以更要谢谢每一个此时正在阅读的"你",阅读令这些梦呓一般的文字如深海的漂流瓶被人捡拾到一样收到了回应。

开始写这本书的第一天,我开始细数想要写的所有故事。最先浮出来的真的是葬礼与死亡,接着就是天涯与孤独。禁不住嘴角上扬,哈,我可真是一个悲观的乐观主义者啊。日常生活里,被人问到为何如此乐观是常事。但非得用这样不管不顾的漫长表达才能说得明白:正因为悲观,才能乐观。落日之后紧跟着暗夜,金光才越发夺目。相比起来,日出于我的审美来看就实在平淡,天光大亮之后,谁还记得那微弱的晨曦。总要有消逝,存在才变得荡气回肠。也许因为摄影的职业,去挖掘美对我来说成了本能。于是,经年累月,发现一些端倪。世间的一切都蕴藏着美意,新生有鲜活之美,死亡亦有萧瑟之美。相逢有欢喜之美,分别也有冰冷的美。江湖气地说一句,用美不美去看待可怕的东西,仿佛用太极去对抗拳手,化力于无形,自有无量神仙境界。

啊,写到此时,连这篇后记都将结尾。我脑袋里全是些句不成句的散碎念头。比如要去喝一罐冰啤酒,一口气全喝光那种速度。又比如要起来跳一跳舞,站在桌子上用书页卷成扩音喇叭大声喊噢耶。再比如还想出门骑着自行车转一圈,遇到什么小动物就跟它们说:"下回再来带书给你们呀。"

真是疯了嘿——这句话是漂在屋顶的那个灵魂说的。

——燕子
二〇二五年一月

图书在版编目（CIP）数据

住进森林里的日子 / 燕子著 . -- 南京：江苏凤凰文艺出版社，2025.6. -- ISBN 978-7-5594-9667-6

Ⅰ . I267

中国国家版本馆 CIP 数据核字第 2025J0R759 号

住进森林里的日子

燕子 著

责任编辑	项雷达
特约编辑	琚一放
装帧设计	唐小迪
责任印制	杨 丹
出版发行	江苏凤凰文艺出版社
	南京市中央路 165 号，邮编：210009
网　　址	http://www.jswenyi.com
印　　刷	北京美图印务有限公司
开　　本	880 毫米 ×1230 毫米　1/32
印　　张	7.5
字　　数	130 千字
版　　次	2025 年 6 月第 1 版
印　　次	2025 年 6 月第 1 次印刷
书　　号	ISBN 978-7-5594-9667-6
定　　价	59.80 元

江苏凤凰文艺版图书凡印刷、装订错误，可向出版社调换，联系电话 025-83280257